# ひとりぼっちの夜は、君と明日を探しにいく

永良サチ

イラスト――ゆづあ
装丁――――齋藤知恵子

見たくないものが、見えるようになった。
信じたいのに、誰のことも信じられなくなった。
前触れもなく崩れていった私の心は、いつも真っ黒だった。
そんな時、何色にもなれるカメレオンみたいなきみに出逢った。
「羽柴《はしば》に不思議な力があるならさ……俺の記憶を一緒に探してくれない？」
きみの隣にいれば、大切なものが見つかるかもしれないと思った。
私はもう、透明のままでいたくない。
私たちはこれから、何色になれる？

*Contents*



*Seeking for tomorrow with you.*
*by Sachi Nagara*

# 1 偽りの世界

スマホのアラームが鳴らずに、迎えた朝。遅刻を回避するためにやむを得ず飛び乗ったバスは、ぎゅうぎゅう詰めの満員だった。つり革や手すりを掴《つか》むことができない私は、スクールバッグを胸に抱えてひたすら耐える。

触れなければ、大丈夫。

触らなければ、なにも見えないから大丈夫。

心の中で何度も言い聞かせていると、突然急ブレーキがかかった。

「……おっと」

その反動で人が揺れる。隣にいるおじさんの手に触れてしまった瞬間——ビリビリッと私の頭の中に〝アレ〟が流れ込んできた。とっさに手を元の位置に戻すと、おじさんが申し訳なさそうに頭を下げた。会釈《えしゃく》を返す余裕なんてなくて、私はさらにバッグを持つ手を強くする。

前後左右に人がいる。一秒たりとも気が抜けない。早く早くと願いながら、やっと学校の近くのバス停に到着した。

「……うっ」

バスから降りると、我慢していた気持ち悪さが襲《おそ》ってきた。……だから、人混みは嫌なのに。起動しなかったアラームを恨みつつ、深呼吸をして心を落ち着かせようとした——その時。なにかを踏《ふ》んだ感触がした。足元を確認すると、定期券が入ったパスケースが落ちている。リール付きのパスケースは、透明窓になっていて持ち主の名前が見えた。

【シヅキ　セナ】

同姓同名じゃなければ、私はこの名前の人を知っている。定期券って、落としたらどうなるんだろう。私は普段、徒歩通だし、公共機関の乗り物を避ける生活をしてるから詳しくないけれど、誰かに使われる可能性もあるのかな。

パスケースを見下ろすこと数秒。私は気づかなかったことにして、通り過ぎた。だって、拾うためには触らないといけない。私には、無闇《むやみ》に人やものに触れない事情がある。私がリスクを負う必要はないし、そもそも他の学生も通るわけだから、誰かが届けてくれる可能性のほうが高い。私は拾わない。見なかったことにする。でも、もしも悪い人が拾ってしまったら？

「……あー、もう！」

制服のスカートを翻《ひるがえ》して、パスケースの元へと戻る。直接触れない代わりに、ポケットからハンカチを出した。

別にいい人になりたいわけじゃない。

ただ私は……落とし物も拾えないような自分になりたくなかっただけだ。

クラスメイトの詩月世那《しづきせな》は、生徒や教師から一目置かれている男子だ。端整《たんせい》な顔立ちと高い身長も相まって、入学式の時から騒《さわ》がれていた彼は、たちまち人気者になった。そんな詩月と私の接点はなにもない。席も離れているし、出席番号も遠いからグループ学習で一緒になることもない。

そんな彼にパスケースを渡すタイミングがないまま午前授業が終わり、昼休みになってしまった。この際、机の上にでも置いておこうと思っていたら、担任から〝とあるもの〟を預けられた。届けてほしいと頼まれた場所は、校舎一階にある放送室だった。

「俺、羽柴に名前なんて覚えられてないと思ってたわ」

難しそうな機械がたくさん置かれている六畳《じょう》ほどの空間。卓上型の音響機器には、一本のマイクが用意されている。そのマイクの前に座っている詩月に先生からの届けものとパスケースを無事に渡せたところまではよかった。これで役目は終わったはずなのに、なぜか私は放送室から出られなくなっていた。

「いやあ、マジで助かった。拾ってくれたのが羽柴でよかったよ」

「それは……うん、もう何回も聞いたからいいんだけど、私、教室に戻っていい？」

「ダメダメ。だってほら」

彼が壁掛け時計を指さした。時刻は十二時四十五分の一分前。他の生徒たちは持参したお弁当を食べているか、あるいは食堂で日替わりランチの争奪戦を始めている頃だ。そんな時に、自由を奪われることになるなんて思ってなかった。

「こういう会話をしてる間にも、私は出られたと思うんだけど」

「そうかもな。でもあっという間に、三十秒前だし？」

「急げばまだ間に合う――」

「しー」

詩月は人差し指で静かにするように合図したあと、マイペースに校内放送のスイッチを入れた。

『皆さんこんにちは。水曜日のなんでも相談の時間です』

私に背を向けている彼の声が、壁に取りつけられたスピーカーから聞こえた。

毎週水曜日、十二時四十五分からの十五分間。

いつもお昼の放送は聞き流している人がほとんどなのに、彼の十五分間だけはみんな耳を傾《かたむ》ける。廊下で騒いでいる男子も、恋バナで盛り上がってる女子も、先生だって詩月の放送を楽しみにしている。

『今日の相談は二年二組のK．Hさんです』

相談用紙を片手に彼が名前を読み上げた。ここは防音になっていて外の音は聞こえないけれど、きっと二年二組のK．Hさんは悲鳴にも似た喜びの声を上げているだろう。

彼の放送は例えるなら、ラジオに近い。好きなアイドルがやっているラジオにメールを送るみたいに、詩月に名前を呼んでほしい女子たちが二階の廊下に設置された投稿ボックスに相談用紙を入れる。まさにそれが先生から届けるように頼まれたものだったりする。

饒舌《じょうぜつ》に喋《しゃべ》り続ける彼の放送を聞きながら、テーブルに置いてある投稿ボックスを見つめた。手作りであろうそれには、くじ引きの箱と同じような感じで、上が丸くカットされている。その穴の中に入っている溢《あふ》れんばかりの相談用紙。私はまたハンカチを手に被《かぶ》せ、折り畳まれた紙を興味本位に一枚抜き取った。

【彼氏と喧嘩《けんか》しちゃいました。仲直りしたいんですけど、どうしたらいいですか～？】

相談用紙には匿名《とくめい》希望でも可と書いてあるのに、しっかりフルネームが記載されている。他の用紙もハンカチ越しに確認してみたけれど、どれも軽い相談で詩月に読んでほしいがために作ったような話ばかりだった。

……正直、私はくだらないと思ってしまう。絶対に嘘《うそ》が含まれている相談に対しても、彼は丁寧《ていねい》に言葉を紡《つむ》いでマイクの向こう側にいる生徒に心を寄せていた。

『今日の放送は以上です。相談は小さいことでも大きいことでもなんでもオッケーなので、気軽に投稿してくださいね。ではまた、来週の水曜日に』

三件の相談が終わったあと、詩月はやっと校内放送のマイクを切った。私にとって永遠みたいに長く感じられた十五分間。また閉じ込められないようにそそくさと放送室を出ると、すぐに彼が後ろから追いかけてきた。

「……羽柴！」

詩月の声はよく通る。反響しやすい廊下ではとくに。

「怒ってる？」

「別に怒ってないよ。ちょっとだけ貴重な昼休みが潰《つぶ》れたとは思ってるけど」

「まあまあ怒ってるじゃん」

詩月が無邪気な顔で笑った。彼は放送前に、私に名前を覚えられてないと思ってたって言ってたけれど、むしろそれはこっちの台詞《せりふ》だ。同じ教室にいても私たちは交わらない場所にいるのに、詩月はまるで仲のいい友達みたいなテンションで接してくる。

「俺もさ、羽柴の名前知ってるよ。莉津《りつ》でしょ」

私の心を読んだみたいに、彼からそんなことを言われた。詩月と接点がなにもなくても、女子からモテる理由がなんとなくわかる。外見の良さだけではなく、人に興味を持っていることがわかりやすくて、相手のことを知るためのコミュニケーションを煩《わずら》わしいと思わない。だから、彼からは話しかけやすいオーラが出ている。

「名前なんて、知ってて当然だよ。だって高校が始まってもう三カ月経《た》つんだよ？」

私も彼の真似《まね》をして、にこりと笑ってみせた。詩月はみんなから好かれているかもしれないけれど、私はあまり得意ではない。だってこういう気さくな人は距離感が近くて、踏み込んでほしくない一線を越えようとしてくるから。

「前から気になってたことがあるんだけど、羽柴って潔癖症《けっぺきしょう》？」

「なんで？」

「色んなものをハンカチ越しで触ったりしてるじゃん。俺のパスケースを返してくれた時もそうだった」

ほら、こういうところ。人懐《ひとなつ》っこさと無神経は紙一重《かみひとえ》。人から好かれていることを自覚してるからこそ、平気で触れられたくない部分に触れようとしてくる。

「潔癖症とまではいかなくても、ちょっと神経質なところがあるんだよね。もしそれで嫌な気持ちにさせたとしても、私の個人的な問題だから気にしないでね」

私はまた笑顔を貼りつけて、歩くスピードを速めた。

思い返せば、今日は朝から運がなかったんだ。アラームが鳴らなかったことも、混んでいるとわかってるバスに乗ってしまったことも、パスケースを拾ったことも、放送委員の顧問をやっている担任から投稿ボックスを詩月の元まで届けるように頼まれたことも、『放送時間だから外に出ないで』と放送室に閉じ込められたことも、そういえば私のシューズロッカーも誰かに壊されていて扉《とびら》が歪《ゆが》んでた。運がない日は、とことんツイてない。

「気にしないでって言われても、色々と気になるんだよ、羽柴のこと」

こっちが当たり障《さわ》りないように対応しても、詩月はあとをついてくる。まるで、お腹をすかせた犬みたいに。

「私のことなんて、気にする必要ないでしょ」

「理由がなくても、目で追いたくなる人っていないない？　俺的には羽柴ってそんな感じなんだよ」

「えーなにそれ。他の人が聞いたら勘違いするよ。詩月って人気あるし」

「全然、思ってなさそうな言い方だね」

「思ってる、思ってる」

　私は急ぎ足で階段を上《のぼ》った。人当たりがいいくせに、詩月の言葉には少しだけトゲがある。でも、そんなの気にしない。気にしてしまったら、彼のペースになってしまう。

「なんでそんなに急ぐの？　もっとゆっくり話そうよ」

「いやいや、私と話してもつまんないって」

「それは俺が決めることじゃない？」

「…………」

「おーい、羽柴。はーしば」

「だからっ……」

　あまりのしつこさに振り返ったら、そのまま階段を踏み外した。体がよろけて、まずいと思った時には自分の髪の毛が宙に浮いていた。

……落ちる。そう覚悟した瞬間、詩月に手を掴まれた。

「セーフ……！」

　柔らかく笑いかけてきた彼の表情とは反対に、私はわかりやすく顔を歪ませた。重なり合っている指先から静電気のような衝撃が走る。

――「ニャアア」

「いてっ。こら、ご飯抜きだぞ」

頭の中に流れ込んできたのは、黒猫に手を引っ掻《か》かれている詩月の姿だった。

「……おはぎ……」

「え？」

ハッと我に返った時には猫の名前を呼んでいた。目を丸くさせている彼を横目に、私は逃げるように階段を駆け上がる。心臓が飛び出てきそうなほど、バクバクしていた。

……ああ、もう本当に嫌だ。詩月と触れ合ってしまった指は、氷のように冷たくなっていた。


「せんせー！　優子《ゆうこ》のワイヤレスイヤホンどうなってるんですか？」

「カバンに入ってたのになくなるなんて、普通に考えて窃盗《せっとう》じゃん！」

「絶対優子に嫉妬《しっと》した誰かがやったに決まってるよ！」

帰りのHRで担任に詰め寄っていたのは、宮部《みやべ》優子という女子生徒の友達だ。

宮部さんのイヤホンが盗まれたのは一週間ほど前のこと。

「みんな落ち着いて。私は大丈夫だから」

「もう優子ってば、優しすぎるよ！」

クラスのアイドル的存在である宮部さんのイヤホンがなくなったことを、周りの友達は自分のことのように怒っている。

「とにかく早く犯人を見つけてください！」

「今色々と調査してるから。でもな、ワイヤレスイヤホンを学校に持ってくるほうも悪いんだぞ」

「はあ？　それって優子が悪いって言いたいんですか？」

ヒートアップしていく口論を聞きながら、私は自分の手のひらを見つめた。

私には不思議な力がある。

――残留思念《ざんりゅうしねん》。物体は持ち主の思念を強く宿《やど》している。本来見えるはずのない思念を、私は触れるだけで読み取ってしまうのだ。

私の場合は、その人に触ると相手の記憶や感情さえも頭の中で見えてしまう。思念はどこにでも残されているから気が抜けない。だから私はなるべくものには触らないようにしてるし、人にも近づかない。なんでこんな力があるんだろう。二年前から思念を読み取れるようになってしまった〝理由〟なら、自分が一番よくわかっていた。


「ねえ、ねえ、羽柴さん。英語のノートまだ出してないよね？」

担任と女子たちの攻防戦が終わって、ようやく帰れるという時に別のクラスメイトから声をかけられた。

「え、あ、そうだった。今、出すね！」

「羽柴さんって帰宅部だよね？　このあと一緒に遊びにいかない？」

「え？」

「親睦会《しんぼくかい》っていうほどのものじゃないけど、今日はクラスの女子で集まって遊ぼうって話になったんだ。羽柴さんもおいでよ！」

視線を後方に向けると、他の女の子たちも「うんうん」と頷《うなず》いてくれていた。

遊びたい。でもこの力のことがバレてしまうことが怖い。

「えっと、今日はちょっと用事があるんだ」

「そっか。残念。じゃあ、また今度誘うね！」

「うん。あ、これ、英語のノート」

渡そうとした時に、指と指が触れそうになった。思念を読まないように慌《あわ》てて手を引っ込めたら、ノートが床に落ちてしまった。すぐに拾い上げたけれど、手渡しすることができなくて、ノートを机の上に置いた。すると、さっきまでニコニコしていた女子の顔がわかりやすく曇《くも》った。

「ねえ、ほら。やっぱり羽柴さんって潔癖症なんだって」

「あーたしか前にもプリントを渡そうとしたら、そこに置いてって言われたかも」

「なんかそれって、間接的に汚ないって言われてる気にならない？」

「だから、うちらと遊びたくないのかな」

私に向かって頷いてくれていた子たちの話し声が聞こえた。なるべく変に思われないように、できるだけ普通でいるために色々と気をつけていても、隠しきれないことがある。潔癖症なんかじゃないし、みんなのことを汚いなんて思ってない。汚ないのは、誰かの心を覗《のぞ》いてしまうこの力のほうだ。

ぎゅっと唇を噛《か》んだら、横から明るい声が飛んできた。

「英語のノート、俺も出してなかったわ。はい、これ二冊ぶん」

詩月は机の上にある私のノートを取って、女子に渡してくれた。彼が現れたことで、不穏《ふおん》になりかけていた空気が消えた。表情を曇らせていた女子も詩月を見るなり嬉《うれ》しそうにしている。

「世那も暇《ひま》してるなら、遊ぼうよ！」

「女子だけの集まりなんだろ？　普通にパス」

「世那だったら誰とでも話合うじゃん。ドリンクバーで三時間語り合おうよ！」

「うえっ、無理、無理」

「じゃあ、今度私の相談用紙を選んでくれるなら、今日は見逃してあげる」

「あれは公平な抽選なので、そういうのは受け付けておりません」

「世那となに話してるの〜？　私たちもまぜて！」

まるで蜜《みつ》に群がる蝶《ちょう》のように、女子たちがわらわらと彼の周りに寄ってきた。

詩月は放送委員じゃない。だから水曜限定の放送は彼が自発的に始めたことなのに、今では先生たちも認めている。そんな詩月のことを悪く言う人は、おそらく学校にひとりもいない。同級生や教師から慕われているだけじゃなく、上下関係に厳しい先輩にすら、彼は可愛《かわい》がられている。

話しやすくて、明るくて、非《ひ》の打《う》ち所《どころ》がない詩月のことをみんな〝いい人〟だって言うけれど、本当にそうだろうか。

私から見れば、詩月世那はカメレオンに似ている。

誰とでも分け隔《へだ》てなく仲良くして、どんな時でも中心になって盛り上げたりするけれど、たまに誰にも気づかれずに姿を消すことがある。その居場所は誰も知らなくて、少しすると何事もなかったように戻ってきて、またすぐ教室に溶け込む。

青にも赤にも緑にもなれるけれど、彼は白を超えて透明にもなれる。

だから詩月はカメレオン。要するに掴みどころがなくて、なにを考えてるかわからない人なのだ。

私は隙《すき》を見て教室を出た。詩月に対して勝手な苦手意識があるのは、どんなに頑張ってもあんなふうに自分では振る舞うことができないからだ。みんなに好かれたいとは思わないけれど、学校生活を送る上で味方は多いほうがいいに決まってる。その味方が、詩月には大勢いる。羨《うらや》ましいというより、楽だろうなと思う。人の悩み相談ができてしまうくらい自分には悩みがなさそうで、心の余裕が透けて見える。私には、きっとその余裕がない。

「……あ」

昇降口に着いてシューズロッカーを前にしたところで、扉が壊されていたことを思い出した。真ん中が大きくへこんでいて、ぶつかったというより殴ったような跡だ。

……誰がやったんだろう。ロッカーなんて自分のものじゃないから別にいいけれど、こういう強い痕跡《こんせき》には必ず思念が残っている。直接触れないようにハンカチを取り出していると、背後から声をかけられた。

「なあ、羽柴」

ビクッと驚いた拍子に、ハンカチを持っていない左手で壊されたロッカーを触ってしまった。あ、と思った時にはもう遅くて、またビリビリと誰かの思念が頭に流れてきた。

――「末次《すえつぐ》」

名前を呼ばれて、僕は振り向く。そこにいたのは、いつも期待をしてくれている学年主任だった。

「学期末のテスト、学年で二位だったな。次は頑張れよ」

「……はい」

テストの返却とともに渡される学年順位表。いつも大切に持ち帰る紙を、僕は力いっぱい握りしめた。

今回のテストも完璧だったはずなのに、僕は一位になれなかった。

このままだと先生たちの期待が僕じゃなくて、あいつになってしまう……。

「今回はたまたま山カンが当たっただけで、末次には敵《かな》わないよ」

「か、勘でもすごいよ！　一位なんて誰でも取れるわけじゃないし」

なんで僕がこいつに負ける？

塾だって通ってないし、自己流の適当な勉強しかしてないのになんで？

ああ、イライラする。

この笑顔も、たまたまだよって謙遜《けんそん》する言葉も全部気に入らない……。


末次くんとは、学年で成績トップの男子だ。彼はその苛立《いらだ》ちとストレスから、シューズロッカーを殴った。それが偶然、私のものだっただけで、憎悪《ぞうお》はいつも一緒にいる友達に向けられたものだった。

誰かの心を覗いてしまうと、決まって罪悪感でいっぱいになる。

なんで私がこんなことを知らなくちゃいけないの？

末次くんの感情と自分の感情がごちゃ混ぜになっていて、目眩《めまい》がした。

「顔色悪いけど、大丈夫か？」

「……へ、平気。なにか私に用事？」

ロッカーを触ってしまったのは私の不注意であって、声をかけてきた詩月のせいじゃない。でもなんでまた話しかけてくるの？って、八つ当たりしそうになってしまう。

「ちょっと羽柴に話したいことがあるんだ」

「私に……話？」

「うん。でも体調悪いならあとででもいいよ」

気遣ってくれているように見せて、話を聞かないという選択肢はないらしい。無視して帰ることもできるけれど、どうせ詩月は明日も同じように声をかけてくる。また不用意に近寄ってこられても困るし、それだったら今聞いてしまったほうがいいと思った。


「あれからずっと考えてたんだけど、やっぱり羽柴がうちの猫の名前を知ってるのはおかしいなって思って」

人気《ひとけ》がない中庭に移動したあと、詩月は開口《かいこう》一番にそう言った。呼び出された時点でなんとなくその話だろうと予想はしてた。

「ねえ、なんで？」

黙る私に詩月がさらに問いかける。階段を踏み外したのは事故というか、防ぎようがなかったとはいえ、彼が飼っている猫の名前を口走ってしまったのはまずかったと思う。どうやって言い訳をしようか考えてる間も、詩月は執拗《しつよう》に聞いてくる。見かけはスマートなのに、なんてしつこい男なんだ。

「……ぐ、偶然？」

「はは、なにそれ。偶然なわけないじゃん。俺、猫の名前なんて誰にも言ったことないし、猫の話もしてたわけじゃないのにさ」

「で、でも私、人づてに詩月が黒猫を飼ってるって聞いたことあるよ。あれ、詩月じゃなかったかな。ちょっとうろ覚えだから曖昧《あいまい》だけど……」

「へえ、黒猫だってこともわかってるんだ」

「だからそれは噂《うわさ》で……」

「名前だけじゃなくて、猫のことだって俺は誰にも話してないよ。適当に言ったとしても〝おはぎ〟なんて名前を思いつくはずがないし、あの場でとっさに言うには色々とおかしいよね？」

……面倒なことになってしまった。このまま走って逃げてしまおうか。いや、明日教室で同じ話をされるほうが困る。

「もしかして羽柴って、なにか見えるの？」

ドキッと心臓が跳《は》ねた。その瞳はからかっているものじゃなくて、なにかを探《さぐ》るような、なにかを確かめているような、そんな目つきをしていた。少し、怖くなった。このままだと心の奥深くまで見透《みす》かされてしまうと思った。

「まま、まさか。見えるってなに？　霊感的な？　ははっ」

お願いだから、これ以上疑わないで。お願いだから、話を広げないで。お願いだから、なにも気づかないで。

「羽柴」

私の動揺とは反対に、詩月はとても冷静な声で名前を呼んだ。彼がゆっくり近づいてくる。逃げたいのに、逃げなきゃいけないのに、体が動かなかった。

「羽柴に不思議な力があるならさ……」

地面に映る影が重なる。気づくと詩月は私の目の前にいた。

「俺の記憶を一緒に探してくれない？」

指先が温かいと思ったら、彼に手を握られていた。心臓が痛いくらいに速く動いている。頭の中に流れてくる詩月の思念。こんなにも強く触れ合っているのに、彼から読み取れたのは黒猫のことだけ。

あとはなにも感じなくて、例えるなら白。人気者で誰からも好かれていて、カラフルなオーラを放っている詩月の心は、まるで生まれたてのように真っ白だった。

――バタン。

家に帰った私は、制服のままベッドに倒れた。昔は物で溢れていた部屋も今では必要最低限の物しかなくて、夏でも空気はひんやりしている。

「はあ……」

詩月世那。元々、謎めいた人だとは思っていた。人の隙間に入ることが得意なのに、本性は決して見せない。笑っていてもどこか嘘くさくて、喋り上手なのになにかが薄っぺらい。

――『羽柴に不思議な力があるならさ……俺の記憶を一緒に探してくれない？』

私はその理由を聞くわけでもなく、冗談でしょって笑い飛ばすこともできず、逃げるようにそのまま帰ってきてしまった。

……記憶を探してって、どういうことだろう？

目に見えない〝思念〟は、その人の強い思いに反応する。ものの場合もそう。だからシューズロッカーの歪みから、末次くんの気持ちが読み取れた。ものでも人でも必ずなにかしらの感情はあるのに、詩月から読み取れたのは、おはぎという猫のことだけで、あとは本当に真っ白だった。

……すると、一階から階段を上ってくる足音がした。ゆっくり近づいてくる音は一瞬だけ私の部屋の前で止まったけれど、またすぐに通り過ぎていく。

お母さんと顔を合わせなくなって、もうすぐ二年になる。うちにお父さんはいない。正確にはいるけれど、一緒に生活していないと言ったほうがいい。

お父さんがうちを出ていったのは、私が中学二年生の時だった。仲がよかったはずの両親は、気づけば毎日怒鳴《どな》り合いの喧嘩をするようになった。

『お前が悪い！』『あなたのせいよ！』とお互いを罵倒《ばとう》して、その原因を尋《たず》ねても私には関係ないと、追い払われる日々。家族なのに、私にだって知る権利はあるはずなのに、すれ違っていく両親の姿をドアの向こうで見てることしかできなかった。

昔のお父さんとお母さんに戻ってもらうためにはどうしたらいいのか、十四歳なりに考えた。どうしても両親の喧嘩の理由を知りたかった。そうすれば、仲直りのきっかけも作れると思っていた。

——それからだ。この不思議な力が使えるようになってしまったのは。

翌朝。設定したアラームは時間どおりに鳴って、バスを使わずに済んだと思ったのに、学校の正門では抜き打ちの登校指導が行われていた。校則違反をしてる生徒たちが足止めをされているせいで、少しだけ混雑している。誰にも触れないように門を抜けようとすると、担任に見つかってしまった。

「羽柴、おはよう！」

「え、あ、おはようございます……」

「挨拶《あいさつ》が小さいな。もっと腹から声を出せ、声を」

「はあ……」

「元気がないなあ。まさか夏バテか？」

「い、いえ！」

なにを食べたらこんなに朝から元気になれるんだろう。これ以上、話が続かないように一礼をして歩き出そうとしたら……。

「あ、こら、羽柴。マニキュアなんて塗《ぬ》ってきたらダメじゃないか。透明だからってバレないと思ったんだろ？」

突然、担任に右手を掴まれた。マニキュアじゃなくて、ささくれ用の薬を塗っているだけだと言う暇もなく、先生が着けている腕時計から思念が流れ込んできた。


──「かんぱーい！　今日もこんなに高いお酒を頼んじゃっていいんですか～？」

ガラスの装飾品に囲まれた空間。そこには綺麗《きれい》なドレスを身に纏《まと》っている女性がたくさんいる。

「いいのいいの。俺、社長だし」

「あの有名なＩＴ企業なんですよね？　本当にすごーい！　時計も素敵ですよね。私も欲しいな」

「じゃあ、今度プレゼントするよ」

「本当ですか？　やった～！」


女子受けが良さそうな甘い香りのたばこを吸って、高級ソファに体を預けている男性は、先生だった。くらっと足がふらついたところで、私は思念から解放された。

「羽柴、どうした？」

先生が心配そうな顔を浮かべている。知らなくてよかったことをまたこの力のせいで知ってしまった。

「……別になんでもありません」

先生の傍《そば》を立ち去る時、甘ったるい匂いがした気がして気持ち悪くなった。

誰でも裏の顔を持っている。

汚い世界。嘘だらけの世界。

この力は、それを簡単に暴《あば》いてしまう。

「もしかしてまた見えちゃったんだ？」

昇降口で靴を履《は》き替えていると、昨日と同じように詩月が後ろに立っていた。その口調からして、私と先生のやり取りをどこかで見ていたのかもしれない。

「なにが見えたの？　どんなふうに見えんの？」

見えることを肯定したつもりはないのに、それを前提に話を進めてくる。私がどれだけ必死にこの力を隠しているか知らないで、廊下も階段もついてくるから我慢の限界だった。

「あのさ、ちょっとしつこいよ」

私は足を止めて、詩月のことを睨《にら》んだ。この力は、使ってはいけない。見たほうも見られたほうも損をする。なのに、彼は諦《あきら》めてくれない。そんなに興味があるなら、今すぐこの力をあげたっていいのにできない。力が芽生えた理由はこんなにもはっきりしてるのに、私は消す方法を知らない。

「迷惑だから、私に関わらないでよ」

「それは無理だな。俺もこう見えて切羽詰《せっぱつ》まってるし」

「悪いけど、私は詩月が思ってるような力なんてないから」

「嘘だね。羽柴にはなにか不思議なものが見えている。そうだろ？」

詩月は捉《とら》えどころがないけれど、どちらかと言えば空気を読める人だ。クラスの人に対しても押すところは押して、引くところは引いているような。駆け引きというより人への接し方のバランスがうまいイメージがあった。でも私の力に勘づいたあとの彼は、まるでへびみたいに纏わりついてくる。

「本当にいい加減にして。そんな強引なキャラでもないでしょ？」

「そのキャラってやつも自分的にはよくわからないんだよ」

「そんなの私には関係ないし」

「俺は自分が何者なのか知りたいだけなんだ。……だから頼む。俺に協力してほしい」

詩月からすがるような目で見られても、私は首を縦に振らなかった。

──『私が嘘をついてるっていう証拠があるなら、出してみてよ！』

両親の不仲がきっかけで芽生えた力は、私の友達関係にも影響した。中学生になってから仲良くなったその子のことは、同じ高校に行こうねと約束していたほど大好きだった。だけど、触れれば見えてしまう思念のせいで、その子が今まで私についていた嘘が明らかになった。法事があると嘘をついて遊びをドタキャンしたことも。貸したままになっていた本を失くしていたことも。私が少しだけ気になると相談していた男子とメッセージのやり取りをしていたことも。

思い返せば、取るに足らない小さな嘘もあった。でも家庭不和も重なって、私はその子のことを強く責めた。

『証拠なんてない。でも私には嘘がわかるんだから！』

『なにそれ。普通に怖いよ』

『怖いのは、平気で嘘をついてたそっちでしょ』

『莉津のほうこそ、嘘がわかるなんて嘘じゃん』

『私は本当に……』

『本当だって言うなら、早く証拠を出しなよ』

大切だった友達と、最終的にはどっちが嘘つきかの大喧嘩になった。そして関係が修復できないまま、中学を卒業した。もう連絡すら取り合っていない。

なんにも知らずにいたら今でも仲良くできていたかもしれないのに、この力のせいで友達を失った。だから、私は思念を読みたくない。どんなに頼まれても、いくら大きな事情があったとしても、この力だけは絶対に使いたくないんだ。

「一時間目から体育とかダル～」

「でも今日は午前授業だけだから楽だよ」

「え、今日ってお昼に帰れるんだっけ？」

「そうじゃなくて、午後は防災訓練じゃん」

「あーそうだ、そうだ。忘れてた！」

声が響く体育館では、いつも以上にクラスメイトの会話がよく聞こえる。授業はどれも面倒だけど、私が最《もっと》もやりたくないのは体育だ。

「じゃあ、早速隣の人とペアを組んで準備運動をしてください」

先生の言葉を合図に、次々とふたり一組のストレッチが開始されていく。そう、これが嫌なのだ。準備運動はひとりでもできるのに、体育では必ずこれをしなくてはならない。

「羽柴さん、よろしくね」

私のペアは宮部さんだ。いつもは違う人だけど、今日は風邪《かぜ》で休みの人がいるから、整列がズレてるらしい。

「う、うん。よろしく」

宮部さんの笑顔に合わせて、私も微笑《ほほえ》み返した。今まではジャージの袖《そで》を限界まで伸ばしてうまくストレッチを乗りきってきた。でも七月に入ってからは熱中症予防のためにジャージは禁止されて、半袖の体育着を着なければいけなくなってしまった。

「今日、暑いよね。私、手汗ひどいかも」

「あ、だ、大丈夫。私もかいてるから！」

「はは、本当？　じゃあ、やろっか」

宮部さんは目立つグループにいるけれど、人の悪口は言わないし、汚い言葉も使わない。触れ合うことは怖いけれど、宮部さんの思念だったら流れてきても大丈夫かもしれないと思った。

私たちはストレッチをするために手を握った。

……ビリッ。その瞬間、宮部さんの思念が伝わってきた。それは宮部さんが自分のポーチにワイヤレスイヤホンを入れてる光景だった。

ひょっとして、失くしたっていうイヤホンだろうか？

「ねえ、宮部さんのイヤホンって白？」

「うん。そうだよ」

「もしかしてポーチの中に入ってない？」

「え？」

「あ、いや、えっと、ほら。自分で入れたのに忘れちゃうことってあるから、探してみたら案外すぐに見つかるかもしれないなって」

盗まれた、なんて物騒《ぶっそう》な話になっていたし、早く解決したほうがいいと思った。本当にそれだけのつもりだったのに……。

「それって、私が自作自演してるって言いたいの？」

穏《おだ》やかだった宮部さんの表情がガラリと変わった。なにが起きたのかわからなくて、私は瞬《まばた》きを繰り返す。

「ち、違うよ。そういう意味じゃなくて……」

「羽柴さん、ひどいよ！」

弁解もさせてもらえずに、宮部さんがいきなり泣き始めた。それに気づいた彼女の友達が慌てて駆け寄ってきて、「優子になにをしたの!?」と険しい顔を向けてきた。

なにをしたのと聞かれても、なにもしていない。でも宮部さんはみんなに守られながら、ひくひくと肩を震わせている。そこで気づいた。……涙が出てない？

私はたしかに、彼女がワイヤレスイヤホンをポーチに入れている思念を読み取った。大切なものなら、まず最初に探しても不思議じゃない場所だ。でも宮部さんは怒った。中学の時に喧嘩してしまったあの子のように。

……ああ、そうか。怒るのは気づかれたくない心の表れだ。私が詩月に関わらないでと怒ったみたいに、宮部さんもポーチにイヤホンが入ってることを誰にも気づかれたくなかったんだ。

周りの気を引くために、心配されたいがために失くしたふりをしていることがバレたくないから。


体育の授業が終わっても、宮部さんを取り巻いている子たちの怒りは収まらなかった。

「優子が自分でイヤホンを隠し持ってるって言ったんだって」

「えーなにそれ。ひどすぎ！」

時間が経てば経つほど宮部さんの涙は大げさになっていて、完全に私は悪者になっている。

なるべく平穏に、できるだけ目立つことなく普通でいたいと思っていた日常は、こうも簡単に崩壊してしまう。

思念を読んでも、見えたことを口に出してはいけない。だって、なんの証拠もないのだから、その人の嘘を見破っても私が嘘つきになるだけだ。あの頃、大切な友達と引き換えに強く学んだはずだったのに、私はまた同じことを繰り返してしまった。こんな力、いらない。こんな力さえなかったら。

悔しくて立ち尽くしているだけの私の肩に、そっと優しい手が触れた。

「あー悪い、悪い。俺が羽柴に言ったんだよ」

私のことをかばうように、間に入ってくれたのは詩月だった。

「案外、イヤホンはポーチの中にあるんじゃないかってさ」

「なんで世那が羽柴さんに言うの？」

「この前、水曜の放送を手伝ってもらって、その時にたまたま宮部の話になったんだ」

詩月はまるで台本でもあるみたいに、上手に嘘を並べていた。

「でも、俺の勘違いだったみたい。ごめんな」

そう言ってポケットからワイヤレスイヤホンを取り出した。

「さっき体育館で見つけた。これって宮部のだろ？」

「え……？」

宮部さんはきょとんとしていた。アレは彼女のイヤホンではない。同じ白色だけど、思念で読み取った時に見た形とは違うものだ。

「宮部のじゃないの？」

詩月が諭《さと》すように言った。宮部さんはきっと、自分の嘘が詩月に気づかれていることに、気づいている。だからこそ、彼はあえてみんなの前でイヤホンが見つかったように装《よそお》っている。もしかしたら本当のことを言うかどうか試しているのかもしれない。

「宮部のじゃないなら、落とし物として職員室に持っていくけど」

「……あ、わ、私のだと思う」

「そっか。見つかってよかったな」

宮部さんは、あっさり詩月の演技に乗っかった。そして彼もその嘘を受け入れた。目の前で渡されていく偽《いつわ》りのイヤホン。私のことを責めていた女子たちも「優子、よかったね〜！」と喜んでいて、イヤホンを見つけた詩月は過剰に持ち上げられていた。

なにそれ。なにこれ？

バカらしい茶番劇に付き合ってられなくて、勢いよく教室から出た。

「……羽柴、待って！」

すぐ追ってきた詩月に手を掴まれたけれど、私は強く振り払った。

「……あのイヤホン、宮部さんのじゃないでしょ」

「うん、俺の。もう壊れてるから使えないやつだけど」

「そこまでして、みんなにいい人だって思われたい？」

周りが気づかないのをいいことに、宮部さんはこれからもお姫様扱いで、詩月もこれを機にヒーロー扱いだ。

「いい人だと思われたいんじゃなくて、穏便《おんびん》に済ませたほうが色々と楽じゃん」

「嘘を肯定するんだね」

「俺が守りたかったのは、宮部じゃなくて羽柴だよ」

「…………」

「羽柴はまた人には見えないものが見えて真実を言った。違う？」

「……でも信じてもらえなかったら意味ないよ」

「俺が信じるよ」

「え？」

「誰がなんと言おうと、俺が羽柴を信じる」

私は詩月のまっすぐな目を見ることができなかった。

ポーチの中にイヤホンがあることを信じてくれていたなら、あんな小細工《こざいく》なんてしないで、宮部さんの嘘をあの場で暴いてくれたらよかったんじゃないの？

人気者の彼がポーチの中身を確認するように言えば、取り巻きの女子たちだって動いたかもしれない。

信じるなんて綺麗な言葉を並べても、カメレオンの詩月をどこまで信じればいいのかわからない。

午後になって、校舎にけたたましい火災報知器の音が鳴り響く。予定どおり五時間目は地震と火災の両方を想定した防災訓練が行われた。先生の指示に従って生徒たちがグラウンドへと誘導されていく。その足音が遠ざかっていくのを確認して、トイレから出た。

集団で動かなければいけない訓練は、人と接触しやすい。最初からサボるつもりだった私は、廊下を歩いて教室に向かった。

「お、仲間が来た」

誰もいないと思っていた教室には詩月がいた。私はまだモヤモヤが残っているのに、彼はいつもみたいに飄々《ひょうひょう》としている。

「ドアの近くにいたら見つかるかもしれないから、こっちに来なよ」

「…………」

「それとも、あの集団の中に今から参加するほうがいい？」

詩月はやっぱり、言い方にトゲがある。窓の前にいる彼の隣にしぶしぶ並ぶと、ちょうどグラウンドでは生徒たちが集合していた。防災訓練をイベントと認識してる人のほうが多いみたいで、はしゃいでる様子がよく見える。

「なんでサボったの……？」

てっきり詩月も楽しく参加してると思ってた。

「理由を聞いても笑わない？」

「笑いの沸点は低いほうだから平気」

「それはそれで微妙な気持ちになるけど」

彼は少し笑ったあと、一拍置いて教えてくれた。

「音が怖くて、空き教室で耳を塞《ふさ》いでた」

「音って、火災報知器の？」

「うん。子供っぽいって笑っていいよ」

「笑わないよ。緊急地震速報の音もそうだけど、ああいうのってあえてドキッとさせる音になってるから私だって苦手だよ」

「………」

「な、なに？」

「いや、珍しく賛同してもらえたなと思って」

詩月が柔らかく笑った。彼はよく笑う。友達の前でも先生の前でも笑顔を絶《た》やさない。でもそんな詩月にも怖いものがあって、ひとりで耳を塞いでいた姿を想像したら、ちょっとだけ胸が詰まる思いがした。

「ねえ、詩月。私はやっぱり嘘を肯定するのがいいことだとは思えないよ」

グラウンドでは、友達に囲まれてる宮部さんがいる。シューズロッカーを壊した末次くんもライバル関係であろう男子と仲良く並んでいるし、自分を偽って女性とお酒を飲んでいた担任は、列を乱すなと先頭に立っている。

張りぼての自分を演じて、そこになんの意味があるの？

「嘘は二種類あるって知ってる？」

「二種類？」

「人を傷つける嘘と傷つけない嘘」

「傷つけない嘘ならついてもいいってこと？」

「全部がそうってわけじゃないけど、必要な時もあるのかなって。ほら」

詩月が見せてきたのは、宮部さんに渡したはずの壊れたイヤホンだった。

「机の中に返されてたよ。嘘をついちゃいけないって自分が一番よくわかってるんだよ。それでも自分の居場所を守るために必死なんだと思う」

……自分の居場所を守るため。

じゃあ、別居してるお父さんとお母さんが離婚しないのも、なにかを守ってるからなんだろうか。

「羽柴は必死に嘘ついたことある？」

「ないよ」

「本当に？」

「ないってば……」とムキになりかけた言葉を止めた。詩月に力のことがバレそうになった時、私は偶然だと嘘をついた。周りから変に思われないために明るくいようと心がけているのだって、必死についている嘘だ。許せないと思いながらも、私だって嘘をついている。

「……詩月はあるの？　必死に嘘をついたこと」

「必死に嘘がつけるくらい、自分のことを大切に思えたらいいんだろうけど」

それはまるで、自分が大切じゃないみたいな言い方に聞こえた。

「実は俺、十四歳までの記憶がないんだよ」

「……記憶喪失ってこと？」

「頭を強く打ったり、事故に遭《あ》ったりしたわけじゃなさそうなんだけど、気づいたらなにも思い出せなくなってた。だから今の俺は今日までの二年間の記憶しか頭の中にないんだ」

彼は誰に対しても平等で、どんな人にも合わせることができる。それが嘘くさいと感じていたけれど、その理由がわかった気がした。

「本当になにもわからないの？」

「うん。幼少期の思い出も今までいたかもしれない友達のことも、なにも思い出せない」

「じゃあ……今の家族は？」

「母方のばあちゃんだけ。両親はもう死んでるらしいけど、それも本当なのかよくわからない。いくら聞いてもばあちゃんはなにも教えてくれなかったし」

「くれなかった？　今もおばあちゃんはいるんでしょ？」

「いるけど、ばあちゃんは認知症《にんちしょう》で先月から介護施設に入った」

頼みの綱《つな》だったおばあちゃんは、少しずつ詩月のことも忘れているそうだ。

「俺は俺のことがどうしても知りたいんだよ」

彼が寂しそうな顔をした。私の力は知りたいという欲求から生まれた。追求心はパンドラの箱。私はそれを身をもって実感してきた。

「世の中には知らないほうがいいこともあるよ。詩月のおばあちゃんがなにも教えてくれなかったってことは、そういうことなんじゃないの……？」

「俺もこの二年間そう言い聞かせてきた。でもずっとずっと空《から》っぽのままなんだよ」

「………」

「どんなふうに育って、どんな家で暮らして、なんで記憶喪失になったのか知りたい。この二年間で作られた自分なんてもう嫌なんだ」

彼の思念を読み取った時、猫との記憶しかなかった。それはつまりこの二年間で心や頭に残る強い感情が詩月にはなかったってことだ。

だから彼の心は真っ白。触れても、なにも感じない。カメレオンのように色を変えることができる詩月は、きっと自分のことがわからないから何色にもなれるのかもしれない。

「寂しいの？」

「うん」

「苦しいの？」

「うん」

「ひとりぼっちなの？」

「……うん」

うん、が三回。最後の返事は重かった。

さて、どうしようか。

面倒ごとには巻き込まれたくないし、彼とは友達でもなんでもない。ここで突き放しても罪悪感なんて芽生えないし、詩月の記憶なんて私には関係ないことだ。でも私は寂しい気持ちを知っている。苦しい気持ちも知っている。空っぽだという感覚も、わかる気がする。

――『必死に嘘がつけるくらい自分のことを大切に思えたらいいんだろうけど』

もしも本当の自分がわかった時、一体詩月はどんな嘘を必死につくんだろう。

どんな色になるんだろう。彼が失くした記憶に少しだけ興味が湧《わ》いた。

「記憶探し、手伝ってもいいよ」

気づくと、そんな言葉を口にしていた。

「本当に?」

「少しだけね」

「本当に本当?」

「本当に本当」

するとと詩月は目じりを下げて、嬉しそうな顔をした。

誰とも触れ合えない私が、唯一触れることができる男の子。彼の隣にいれば、私も大切なことがわかるだろうか。

# 2 記憶の在処

記憶探しは予想以上に難航した。

詩月に触れてもやっぱりなにも読み取れないし、だったら彼のおばあちゃんの私物に触れたらなにかしらの思念が残っているかもしれないと思って、私は学校帰りに詩月の自宅にお邪魔《じゃま》することになった。

「え、こ、ここ……?」

県境にある彼の家は、まるでお屋敷《やしき》のように大きかった。家の周りは土塀《どべい》に囲まれていて、目の前には重厚感のある門が聳《そび》えている。

「詩月の家って、お金持ちなの?」

「さあ。死んだじいちゃんがここら辺の地主だったっていう話は聞いたことがあるけど、よくわかんない」

立派な家に圧倒されつつも、私は松の木が植えられている庭を通って、中へ案内された。

玄関には甲冑《かっちゅう》を着た武士の置物や掛《か》け軸《じく》が飾られていて、長い廊下の先には、これまた豪華絢爛《ごうかけんらん》な和室があった。

「ちょっと、ここで待ってて」

和室に通されたあと、詩月は私を残して別の部屋に行ってしまった。

……襖《ふすま》に鶴《つる》の絵が描いてある。こんなにすごい家に入ったことがないから緊張する。色々と物珍しいものがあったけれど、壊したら弁償《べんしょう》できないと思って、彼が用意してくれた座布団《ざぶとん》の上でずっと正座していた。

「お待たせ。ちょっと時間がかかっちゃって……って、どうしたの？」

「うう、あ、足が痺《しび》れて……」

私は悶《もだ》えながら情けない声を出した。

「ぷっ、ははは！」

「わ、笑わないでよ」

「ごめん、ごめん。かしこまって待っててくれたんだなって思ったら可愛くて。大丈夫？」

「大丈夫じゃないけど、大丈夫」

ハプニングのおかげか、緊張が解けてきた。正座はやめにして足を崩すと、詩月は持ってきたものを机に並べ始めた。

「ばあちゃんが普段使ってたものを色々持ってきたんだけど……」

手鏡《てかがみ》につげ櫛《ぐし》。それから綺麗なブローチに、おばあちゃんが羽織《はお》っていたというカーディガン。思念は愛着があるものに宿りやすいから、おばあちゃんが愛用していたものなら、きっとなにかを読み取れるはずだけど、その前にちゃんと言っておかなければいけないことがある。

「詩月。私の力は残留思念っていって、強い思いや感情に反応するんだ」

よくお化け屋敷や心霊スポットに行って足が前に進まないことがあるけれど、あれはその場に残留している恐怖という思念を感じるためだと言われている。

ものにはすべてでないにしても、負の感情が残っている場合のほうが多い。

「だから、いいことのほうが少ないよ。それでも詩月はおばあちゃんの思念を読み取ってほしい？」

「頼む」

詩月の返事は即答だった。それを聞いて、私も覚悟を決めた。

最初に触れた手鏡から流れてきた光景は、毎朝口紅を塗るおばあちゃんの姿。身だしなみには相当気をつけていたようで、櫛から読み取れたものも同じようなことだった。

「……どう？」

「うーん。詩月の記憶に繋《つな》がりそうなことはとくになにも」

「じゃあ、ブローチとカーディガンは？」

彼に言われてそのふたつにも触れてみたけれど、思念は感じ取れなかった。

「ごめん。これもダメみたい。他におばあちゃんが使ってたものってないの？」

「他か……。あんまり注意深く見たことがなかったからな……」

私は急《せ》かすことなく、詩月が思いつくのを待った。……と、その時。「ニャアア」と可愛らしい鳴き声がした。開いている襖からやってきたのは、つぶらな瞳をした黒猫だった。

「もしかして、この子がおはぎ？」

猫は警戒心が強いはずなのに、おはぎはすぐ私の体に頭を擦《こす》りつけてきた。

「可愛い。人懐っこいんだね」

「おはぎは迷い猫なんだよ」

「え、でも、詩月が飼ってるんでしょ？」

「水曜日だけな」

「？」

「おはぎは日替わりで家を変えてる猫なんだ。うちに来るのは決まって水曜だけで、他の曜日は違う家の猫をやってる。多分、名前もたくさんあるはずだよ。な、おはぎ」

「ニャ～！」

詩月が顎《あご》を撫《な》でると、おはぎは嬉しそうに喉《のど》を鳴らしていた。こんなに可愛い顔をして要領がいいなんてなかなかやるなと、私も頭を撫でた。動物は思念が流れてこないから、安心して触ることができる。

「おはぎが来るから水曜日なの？」

「うん？」

「学校の放送。あれも水曜日だから」

「あーいや、とくに意識はしてなかったけど、言われてみればそうなのかな。おはぎがいるから水曜は好きだし」

じゃあ、他の曜日は嫌いなの？とは聞かなかった。そういう好き嫌いも、詩月は記憶を取り戻してはっきりさせたいのかもしれない。

「……家族のこと、なにもわからないって言ってたけど、親の写真とかはないの？　ほら、家族写真があれば詩月の小さい頃がわかるかもしれないし」

「残念ながら写真は一枚もないんだ」

「え？」

「家中探してみたこともあったけど見つからなかった。ここが俺んちだったわけじゃないだろうから、写真は全部自宅にあるのかも」

詩月は写真がないことを不思議に思ってないみたいだけど、私はどうも引っ掛かる。だってここが彼の育った家じゃなくても詩月は孫なんだから、七五三や入学式などの家族写真があってもいいはずだ。

写真はあったけど、詩月に見せないためにどこかに隠した可能性はない？

そもそも、なんでおばあちゃんは十四歳までのことをなにも詩月に教えないのかな。彼の記憶が戻ることによって、なにか不都合でもあるんだろうか……。

「大丈夫？　色々と力を使ったせいで疲れた？」

気づくと、詩月が私の顔を覗き込んでいた。

「あ、う、ううん！　疲れてないよ。平気、平気」

「そういえばなにも飲み物を出してなかったな。お茶とジュースどっちがいい？」

「あ、私は別になにも――」

キッチンに向かおうとする彼を引き止めようとして、テーブルに手をついた。

……ビリビリッ！

すると、いきなり体に電気が走った。それと同時に思念が頭の中に流れ込んでくる。


――「いい加減にしてよ!!」

私は勢いよくテーブルにコップを叩きつけた。ガシャン！と破片《はへん》になったコップを気にしていられないほど頭に血が昇っている。

「うちにはうちのやり方があるんだから、お母さんは口を出さないで！」

たまにはゆっくり話そうって連絡をもらって、久しぶりに家に帰ってきたのに、お母さんは私に説教ばかり。

「口を出してるつもりはないのよ。ただ少しやりすぎなんじゃないかと思って。

だからあの子もあんなふうに……」

「今は思春期で反抗してるだけよ。あの子だってそのうち私たちの考えが理解できるようになるわ」

「そんなに焦《あせ》って考えを押しつけなくてもいいんじゃないの？」

「お母さんだってそうやって私を育ててきたじゃない！　だから私は同じ考えの人と結婚したのよ」

「美恵子《みえこ》……」

「私だって厳しく育てられて当時はつらかった。でも今は感謝してるし、勉強もしてきてよかったたって思ってる」

「勉強は大事よ。でもね……」

「これ以上うちのことをあれこれ言うなら、お母さんにはもう会わないから！」

まるでコンセントを抜かれたみたいに、思念はそこで途切れてしまった。

ふと手元を見ると、テーブルについた傷に触れていた。おそらくこれは、コップを叩きつけた跡だ。このテーブルを挟んだ向こう側にいたのは詩月のおばあちゃんだった。そのおばあちゃんのことを「お母さん」と呼んでいた人の思念。

……もしかして、詩月のお母さん？

「ねえ、詩月のお母さんの名前って美恵子？」

「さあ。名前すら聞いちゃいけない雰囲気だったから……。なんで？　ひょっとしてなにか見えた？」

「少し……ね。おばあちゃんと詩月のお母さんが喧嘩してる思念だったけど」

「喧嘩……。母さんの顔は見えた？」

「ううん。思念はお母さんの視点だったから顔はわからなかった」

「そっか……」

もしもふたりの会話に出てきた〝あの子〟が詩月のことだとしたら、明らかにお母さんとおばあちゃんは彼のことで言い争っていた。もしかしたらその家庭環境は詩月の記憶に繋がることかもしれない。でも彼のことを話していたかどうかまだわからないし、確信がない以上は無闇に混乱させないほうがいい気がした。

「今日はありがとな」

私は暗くならないうちに帰ることになり、詩月は見送りで外に出てきてくれた。

その腕の中にはおはぎがいて、またねと言いながら頭を撫でると嬉しそうに目を細めていた。

「家まで送らせてよ。羽柴んちってどのへん？」

「平気だよ。そんなに遠くないし、まだ普通に明るいから」

「でも、ひとりじゃ危ないし……」

「本当にいいから。ほら、おはぎもいるんだし、詩月は中に入って」

その背中を門のほうへと押したら、彼は申し訳なさそうに顔だけをこっちに向けた。

「羽柴、本当にありがとう」

「それはもう聞いたから」

「また明日な」

「うん、また明日」

彼の体から手を離して歩き出す。中に入ってって言ったのに、詩月が私の後ろ姿を見てることはわかっていた。私は振り返らない代わりに、自分の右手を見た。

今まで色々な思念を読み取ってきたけれど、誰かのために力を使ったのははじめてだ。

家に着くと、玄関にお母さんの靴があった。鉢合《はちあ》わせしないようにこっそり二階に上がろうと思ったのに、気配に気づいたのかリビングのドアが開いた。

「り、莉津。おかえり。遅かったね」

「……友達と話してた」

「お腹すいてる？　晩ご飯の支度《したく》ならできてるから一緒に……」

「私はあとででいい」

「……そう、わかったわ」

お母さんに冷たくしたいわけじゃない。でもどうしても私はお母さんに対して許せないことがある。

思念を読み取る力が芽生えた日も、両親は激しい喧嘩をしていた。その怒鳴り合う声を心配した近所の人が訪ねてきて、ふたりが玄関で平謝りをしてる隙に私はリビングに入った。テーブルには一枚の離婚届が置かれていた。それを見た瞬間、自分の中でなにかが崩れた。

喧嘩の理由さえ教えてもらえずに、私は最後まで蚊帳《かや》の外。勝手に喧嘩して、勝手に解決しようとして、勝手に家族がバラバラになっていく。

どうしてなにも説明してくれないの？

ふたりは離婚するの？

これからどうなるの？

私はどうなっちゃうの？

無言で突き放されている現実に腹が立って、離婚届なんか破いてしまおうと手に取った……その時。突然、体に電流が走った。


――「ねえ、もう少し早く帰ってこられないの？　先週も飲み会で今日も立て続けに遅いなんて、ちょっと最近おかしくない？」

「接待なんだから、仕方ないだろ」

「それにしたって、少しは家族を優先してくれてもいいじゃないの？　こっちは仕事だって言われたら信じるしかないし、接待も本当かどうかわからないじゃない」

「なにが言いたいんだよ？　俺が仕事を理由に浮気してるってことか？」

「だって怪しいでしょ。いつの間にかスマホにロックをかけて見られないようになってるし」

「取引先の大事なメールも入ってるからだよ。勝手に見ようとするなんて最低だな」

「そっちが家族を蔑《ないがし》ろにしてるせいでしょ？　私はパートもやって家のこともやって、子育てもしてるのよ。自分だけ忙しさを理由にするなんてズルいわよ！」

「蔑ろになんてしてないだろ！　そもそも俺の仕事とお前のパートを一緒にするなよ！」


頭の中に流れてくる映像はなんなのか。なぜこんなものが見えてしまったのか、驚きと怖さで腰を抜かしたことだけは、今でもはっきり覚えてる。

それからなにかに触れるたびに、奇妙なものが読み取れるようになった。家でのストレスを忘れたくて、自分のために使ったこともある。だけど、知りたいという欲求の先にあったのは、真っ黒な真実だけだった。

【無事に家に帰れた？】

部屋のベッドに腰を下ろすとスマホが鳴った。メッセージは今日ＩＤを交換したばかりの詩月からだった。

【うん。帰れたよ】

【よかった。俺は今からご飯食べる】

【なに食べるの？】

【カップラーメン】

あんなに広い家に住んでいるのに、彼はひとりでカップラーメンを啜《すす》る。家族がいなくてひとりぼっちの詩月と、家族がいるのにひとりぼっちの私は、一体どっちが寂しいんだろうと考えても仕方ないことを思った。なにかが埋《う》まらない。なにかが欠けている。

──『ずっとずっと空っぽのままなんだよ』

私も、きっと同じだ。

数日が経って、気温は余裕で三十度を超えるようになった。全開にしてる教室の窓からはアブラゼミの大合唱が響いていて、クラスメイトたちは教科書をうちわ代わりにして風を作っていた。

「ねえ、世那〜。夏休みになったらみんなでプール行こうよ」

ただでさえ風通しが悪いというのに、女子たちは暑苦しいほど詩月の机に群がっている。

「俺、多分泳げないからパス」

「えー多分ってなに？　泳げなくても涼《すず》みにいこうよ」

「あ、そういえば駅前にかき氷屋ができたの知ってる？」

「うっそ、知らない。どこ!?」

彼は流れるように、うまく話をすり替えていた。今まで詩月のことを他人との距離が近い人だと思っていたけれど、まじまじと観察してみると、やんわり友達と距離を取っているのがわかる。自分に記憶がないから、あまり深入りさせないようにしてるのかもしれない。

「ねえねえ、羽柴さん。今日も掃除場所代わってくれない？」

お願いポーズをしながら近寄ってきたのは、先日英語のノートを集めにきた女子だ。うちの学校は六時間目の授業が終わったあと十分間の掃除の時間がある。場所は担任がランダムに決めて、私は教室で、彼女はトイレだ。

「あーうん。いいよ、いいよ！」

「わあ、ありがと～！　あとでなにか飲み物おごるね」

前もそう言って掃除場所を代わったけれど、飲み物はおごってもらってない。クラスにうまく馴染《なじ》もうと思っても、自分がなんとなく浮いてることはわかっている。味方になってくれる友達がいないから、なにを言っても、なにを頼んでも、私が強く出られないことを見抜かれているんだと思う。

「世那、今日の放課後遊ぼうぜ！」

女子だけじゃなく男子の友達も多い詩月は、色々な人に声をかけられていた。誰にも心を開いてないのはきっと同じなのに、どうしてこんなにも違うのか。周りから数えきれないほどの色をもらって、カラフルに輝いている詩月は、やっぱり少し苦手だ。

迎えた昼休み。購買部でパンを買ったタイミングで、【今すぐ放送室に来て】と詩月からスマホで呼び出された。今日は水曜で、彼の放送がある日。くだらない劣等感を膨《ふく》らませていたこともあって気乗りはしなかったけれど、なにか急用かもしれないと思って放送室に駆けつけた。

「全然、急用じゃないし……」

詩月はキャスター付きの椅子《いす》に座って、呑気《のんき》におにぎりを食べていた。

「俺、そんなこと言ったっけ？」

「でも今すぐって言ったじゃん」

「だからパンを抱えてきてくれたんだ？」

「そうだよ。この前みたいに食べ損ねるの嫌だから」

「どうぞどうぞ、おかけください」

私は彼が引いてくれた椅子へと素直に座った。放送室はこぢんまりしてるけれど、特別にエアコンがついてるからすごく快適だ。

「トイレ掃除、押しつけられてたな」

どうやら、教室でのやり取りを聞いていたらしい。

「じゃあ、詩月が代わってよ」

「俺、女子トイレ入れねーもん」

意地悪そうに笑う顔を見て、私は口を結んでムッとした。もしも詩月だったら、ああいう場面でもうまくやるんだろうと思いながら、目の前に置かれている投稿ボックスを見つめた。そこには今日もたくさんの相談用紙が押し込まれている。

「この用紙って、詩月が作ったの？」

「ネットから相談シートのテンプレートを拾って印刷しただけだよ」

「なんで……悩み相談なんてしてるの？」

寄せられた相談の中には真剣なものもあるんだろうけれど、やっぱり大半が詩月に読んでほしいがために書かれたような内容ばかりだ。週一だけとはいえ、四十分しかない貴重な昼休みの十五分を彼が人のために使う義理はない。

「普段の昼の放送って音楽がかかってるだけじゃん。だからなにかやってみたら面白いかなって先生に提案してみた」

「だったら放送部員になれって言われなかったの？」

「言われたよ。でもそこはなんとか口のうまさで回避した」

「まあ、想像はつくけど」

「でもそれは表の理由。本当はみんながどんなことに悩んでるのか知りたかったんだ。俺は自分の悩みさえ思い出せないから」

詩月はそう言って、投稿ボックスから相談用紙を一枚引き抜いた。記憶喪失だと知らなかった頃、私は彼のことを悩みがなさそうな人だと思ってた。でも今の詩月は悩みがないことに、悩んでいるように見える。もしかしたら誰かの悩みに触れることで、自分なりに記憶の糸口《いとぐち》を探そうとしていたのかもしれない。

「あ、でも相談は真面目に答えてるよ。人の役に立つと自分の存在を確かめられるっていうか……。必要とされるとなんか安心するしさ」

ちょっぴり切なく笑った詩月は、相談用紙を片手にマイクの前に座った。

『皆さんこんにちは。水曜日のなんでも相談の時間です』

部屋のスピーカーから聞こえてくる声は、優しくて心地よかった。その大きな背中と少し丸まった襟足《えりあし》を見つめながら、さっきの言葉を頭で反芻《はんすう》する。

人に必要とされると安心する。ああ、だから詩月は心の扉を閉めていても、人と一緒にいることを選んでいるんだ。

どこにいても目立っていて、なにもしなくても人を引き寄せてしまうのに、誰よりも自分の存在について不安がっている。

でもそんな薄いガラスの扉じゃ、いつか簡単に壊れてしまうんじゃないだろうか。だってみんな詩月のことが好きだから、無遠慮《ぶえんりょ》に心に触れたがるじゃない。そのたびに、みんなは彼の心の扉を強くこじ開けようとする。その歪みを彼は自分で守れるのかな。

私はそれが怖いから、絶対に心の扉は誰にも触らせない。どんなに脆《もろ》くて壊れやすいか、自分が一番よく知っているから。


一学期が終わって夏休みになった。きっと世間一般の学生たちは、どっさり出された課題なんて気にせずに夏を謳歌《おうか》してるんだろう。私はというと終業式から三日が過ぎたのに、家から一歩も出ていない。

「暇すぎて、終わっちゃったよ……」

時間潰しで進めていた課題も今日で一段落してしまった。机に向かうのをやめて、ひとまずベッドに横たわる。明日からなにをしよう。高校一年生の夏休みをこんなにも無駄《むだ》にしてるのは私くらいかもしれない。

……ガチャ。すると、リビングのドアが開く音がした。きっとお母さんが買い物から帰ってきたんだろう。お母さんは飲食店でパートをしてる。たしか週四勤務だったはずだけど、シフトは把握《はあく》していない。いつが休みだとか、何時に帰ってくるとか、そういう話もこの二年間できていない。私はお母さんとの接し方がわからない。多分向こうも私に対してそう思っている。

まだ離婚はしていない両親だけど、家族が元どおりになることはないと思う。だって……。

「もしもし？　今買い物から帰ってきたところ。うん、うん」

ドアの開閉音と同じように、一階からの話し声は私の部屋まで届く。お母さんの声は途切れ途切れだったけれど、明らかに誰かと電話で喋っていた。

――『莉津。これからどうなるかわからないけど、ふたりで協力して頑張ろうね』

お父さんが荷物をまとめて家を出ていったあと、お母さんは私の手を握りながらそう言った。その時に見えてしまった思念は、お母さんがお父さんでない男性と食事をしてる姿だった。

お母さんは夜遅く帰ってくるお父さんの浮気を疑っていた。でも本当は、浮気していたのはお母さんのほうだった。それを知ってしまってから、なにかに取り憑《つ》かれたみたいに家のものに触れて調べた。

思念は人の裏側をいとも容易《たやす》く読み取る。だからお母さんの相手が、昔通っていた料理教室の先生だということもすぐにわかった。お父さんと心がすれ違って、その寂しさを埋めるためだけの関係だったとしても、私がお母さんに不信感を抱くには十分すぎる理由だった。

だからこそ私は、嘘に敏感になった。なにかを隠されてるんじゃないかと疑心《ぎしん》暗鬼《あんき》になって、色々なものに手当たり次第に触れまくった。家族のことも友達のことも、深く深く探った結果、気づいた時には自分の心が真っ二つに割れていた。

もう、人にもものにも触らない。そう強く誓《ちか》ったはずなのに、私は詩月の記憶探しを手伝ってる。理由なんて自分でもわからないけれど、今になって光ってる言葉が、ひとつだけある。

——『誰がなんと言おうと、俺が羽柴を信じる』

疑い深くなっている私に、彼はまっすぐ〝信じる〟と言ってくれた。だから私も少しだけ詩月を信じて、手伝おうと思ったんだ。

ブーブーブー。机に置きっぱなしだったスマホが鳴った。確認すると画面には、詩月からの着信が表示されていた。

……え、で、電話？

「も、も、もしもし？」

誰かと電話をすることに慣れてなさすぎて、わかりやすく声が震えた。

『羽柴、今平気？』

「う、うん」

『なにしてた？』

「えっと、課題やってた。もう終わったけど」

『終わったって、まさか全部？』

「そう」

『マジ？　すげえ。あとで見せて』

スピーカー越しで聞く詩月の声は、やっぱりすごく耳触りがよかった。

「電話なんてしてきてどうしたの？」

『今、友達とプールに来てるんだけど、そろそろ抜けようと思ってて』

「うん」

『ちょっと、会えない？』

「え、あ、会うってどこで？」

『とりあえず駅前で待ち合わせしよ。俺もすぐに準備するから』

「ちょ、ちょっと、待って――」

一方的にかかってきた電話は、これまた一方的に切られてしまった。

「ま、待ち合わせって、そんな急に言われても……」

戸惑うこと数秒。私は俊敏な動きでクローゼットを開けて、よそいきの服を引っ張り出した。


時刻はちょうど十三時。気温が一番高い時間帯ということもあって、息をするのも躊躇《ため》うほど外は暑かった。洋服だけじゃなくて、身だしなみも整えてきたのに、すでに汗でボロボロだ。

「羽柴、こっちこっち！」

そんな私とは違って、駅のロータリーに立っている詩月は爽《さわ》やかだ。上下白のセットアップを着てる彼は学校にいる時よりも大人っぽくて、やっぱりすごく目立っていた。

「悪い、急に呼び出して。予定とか大丈夫だった？」

「う、うん。それは全然……」

詩月と会うのはたかが三日ぶりで久しぶりでもなんでもないのに、ちょっと緊張してる自分がいた。

「もうすぐバスが来ると思うから」

「え、バスに乗るの？」

「友達から動物園のチケットもらってさ。それが今日までなんだよ。だから付き合って」

「動物園って今から？」

「五時までやってるから平気だよ」

にこりと笑う彼からは、少しだけプールの匂いがした。だったら今まで遊んでた友達と行けばいいのに、なんで私なんだろう。そんな疑問をぶつける暇もなくバスが来て、ふたりで乗り込んだ。混んでいたらどうしようと思ったけれど、バスは貸し切りのようにすいていた。詩月と並んで座ること三十分。バスは動物園前で停車した。

「ちょっと入園券、買ってくるわ」

着いて早々、彼が平然とチケット売場に向かおうとするから、思わず洋服を掴んだ。

「え、今日までのチケットがあるんじゃないの？」

「あー、それ昨日までだったかも」

「ええっ」

「だからここで待ってて」

なんとなくチケットなんて最初からなかったんじゃないかって思った。少し騙《だま》された気分になったけれど、ここまで来て引き返すのも癪《しゃく》だ。

「自分の入園代くらい払うから」

「いい、いい。俺が誘ったんだし」

「いや、でも」

「うーん。じゃあ、出世払いで」

「なにそれ。私、多分出世しないよ」

「ははっ」

「笑う？」

「本当に待ってて」

小走りで買いにいく詩月の背中を見つめる。エントランスのゲートを通ってるお客さんは帰る人がほとんどで、今から入場しようとしてるのは私たちくらいだ。

……この動物園、懐かしいな。たしか小学校低学年くらいの時に、家族で一度だけ来たことがあった。お父さんが右側で、お母さんが左側。私はふたりの真ん中にいて、三人で手を繋いで園内を歩いた。

あの頃、家族がバラバラになる未来が来るなんて夢にも思ってなかった。同じ道を歩いていたはずだったのに、どこで枝分かれしてしまったんだろう。私はお父さんを引き止めるべきだったのか、それとも別の道に行こうとするお母さんを引き戻すべきだったのか、答えが見つからない。

……本当に、なんにも知らないままでいられたらよかったのに。今の私はもう、ふたりの手を握れない。人の裏側を暴いてしまう手を凝視《ぎょうし》していたら、詩月が戻ってきた。

「お待たせ。行こ」

彼はなんの躊躇いもなく、私の手を握った。園内マップを片手に、あれ見よう、これも見たいと、ぐんぐんと私のことを引っ張っていく。手なんて繋ぐ必要はないし、知り合いに見られたら誤解されるかもしれないのに、なぜか振り払うことができなかった。人の手って、こんなに温かかったっけ。少し泣きそうになりながらも感じる、彼の心の中はやっぱり空っぽだった。

「なんでキリンって網目模様《あみめもよう》なんだろう」

それから私たちはライオンやペンギン、ヒグマの森を回って、キリンがいるフェンスまでやってきた。

「さあ。敵から身を守るためとか？　ほら、キリンがいるサバンナの土って乾いてて茶褐色《ちゃかっしょく》だから同化できそうじゃん」

「同化はしないでしょ。こんなに首が長いんじゃ、隠れてもすぐ見つかるよ」

「そういえば俺、中学の時に誰かからキリンに似てるって言われたことあったかも」

「なんで？　まつげが長いから？」

「でかい体してるくせに、案外臆病《おくびょう》だから」

「キリンって臆病なの？」

「らしいよ」

思いのほかキリンの話題が広がったところで、詩月が珍しく自分の話をしてくれた。

「俺、中二の途中からばあちゃんちの近くの学校に転入したんだけど、あの時はけっこうきつかった。ほら、転校生って根掘《ねほ》り葉掘《はほ》り聞かれるからさ」

記憶がないという感覚は、私にはわからない。でも自分のことを聞かれてもなにひとつ答えることができないって、相当苦しいことだったと思う。

「まあ、そのおかげで処世術《しょせいじゅつ》みたいなものが身について、こんな性格になったんだけど」

「詩月は十四歳より前の自分はどんな感じだったと思う？」

「うーん。今と変わってなければいいなとは思うよ」

「詩月は知ることが怖いって思わないの？」

「知らずにいるほうが怖いこともあるよ」

知りたいという原動力がある詩月と、なんにも知りたくないと拒否反応がある私。心が空っぽで、埋まらないなにかがあるのは一緒でも、彼とは根底の部分から違うと思い知らされる。

……詩月が臆病なら、私はどうなるんだろう。記憶探しに協力はしてあげたいけれど、こんな私じゃなんの役にも立たない気がする。

「……あ、」

詩月がおもむろに空を見上げた。私も同じように上を向くと、晴れていたはずの空から、ぽつぽつと雨が落ちてきた。

「え、今日って雨が降るなんて言ってた？」

「いや。天気予報では一日晴れだった」

「な、なんか強くなってない？」

「夕立かもな。ちょっと屋根がある場所に行くか」

詩月に手を引かれて、私は走る。どんどん激しくなっていく雨足に合わせて、洋服が冷たくなっていた。雨宿りできる場所を求めて、なんとかたどり着いたのは屋内施設のふれあい広場だ。

「あーあ、けっこう濡れたな。タオルがないからこれで我慢して」

詩月はそう言って、セットアップの上着を脱いで私の髪の毛を拭いてくれた。

「ま、待って。服が汚れるかもしれないし、私ハンカチなら持ってるから！」

「いいから、じっとしてなさい」

「でも……」

「羽柴が風邪ひいたら嫌だからさ」

私は言われるがまま、大人しくした。学校の詩月はコミュ力おばけで、どんな人とでも円滑《えんかつ》に会話を進めているのに、私といる時には少し強引なところがあって話を聞いてくれないことがある。でも共通して言えるのは、彼が優しい人だってことだ。詩月に触れても心は見えないけれど、きっとこの優しさに嘘はないと思う。

「私、今まで詩月のことを顔だけのやつだと思ってた」

「え、急になんの話？」

「こっちの話」

私も詩月に風邪をひいてほしくないから、ハンカチで彼の濡れ髪を拭いた。なんかくすぐったいと笑う詩月の笑顔が嘘なのかどうかは、私にはわからなかった。

雨が落ち着くまでふれあい広場にいることにした私たちは、早速うさぎがいるサークルを見つけた。

「わっ、可愛い……！」

エサとして売られていた人参を持ってサークルに入ると、たくさんのうさぎが寄ってきた。小さい口で人参を食べているうさぎを撫でると、想像以上にふわふわだった。

「ねえ、見て。膝《ひざ》まで上がってきたんだけど！」

興奮しながら詩月を見ると、なぜかクスリとされた。はしゃぎすぎてる気がして我に返ったら、「喜んでもらえてよかった」という声が聞こえた。

「前にうちに来た時、おはぎのことを触って嬉しそうにしてたから、もしかしたら動物となら触れ合えるんじゃないかと思ったんだ」

「……それで今日、誘ってくれたの？」

「本当はプールの誘いを断って、午前中に連絡しようと思ってたんだけど、長い時間だと嫌かなって思って」

詩月が言いづらそうに、頬を掻いた。なんで急に動物園なんだろうって思ったけれど、最初から私のためだったなんて……。ありがとうって言いたかった。でも、ありがとうって何年も言ってない私は、その言葉がうまく出てこなかった。

夕立は一時間くらいで止んで、私たちはお土産《みやげ》ショップに入った。動物をモチーフにしたお菓子やぬいぐるみが売られている中で、ジグソーパズルが目に留まった。それは大人向けのパズルで、ステンドグラスのようなカメレオンがデザインされている。……カメレオン、詩月だ。

「お、いいな。これ」

まさか自分と重ね合わされてると思っていない彼が近づいてきた。

「でも千ピースもあるよ。私、パズルなんてやったことないし、きっと途中で飽きちゃうと思う」

「じゃあ、ふたりで作ろうよ」

「え、でもどのくらいで完成するかわからないよ。一カ月、いや、二カ月はかかるかもしれないし……」

「俺は一年くらいかかってもいいけど？」

「それじゃ、うちら高二になっちゃうよ」

「高二でも高三でも、別にいいじゃん」

「なんか卒業するまで終わらなそうな気がしてきた……」

「それ、いいかも」

なにがいいんだかわからないけれど、詩月があまりに引かないから、お金を半分ずつ出し合ってカメレオンのパズルを買った。

動物園の閉園時刻が近づくと、それを知らせるようにオルゴール調の音楽が外で流れ始めた。

「……あ、俺、この曲知ってる」

「エーデルワイス？」

「うん。ばあちゃんちにピアノがあるんだけど、なぜかこの曲だけは弾《ひ》けるんだよ」

「……それって、失くしてる記憶と関係があるんじゃないの？　体が覚えてることってあるだろうし」

「ピアノね……」

詩月は頑張って思い出そうとしていたけれど、やっぱり記憶に関することはなにもわからなかった。

「もうここでいいよ。家はその角を曲がった先だから」

またバスに揺られて地元に帰る頃には、すっかり夕暮れになっていた。家まで送っていくと言い出した詩月と何回か押し問答をして、じゃあ、近所の公園までということで折り合いをつけた。

「そっか。わかった。今日はありがとな。羽柴とのデート楽しかったよ」

「からかってる？」

「クラスメイトの男女が夏休みに待ち合わせをして動物園。ただの遊びなはずがなくない？」

「と、友達同士でも行くことあるでしょ」

「ふたりきりで？」

「ふ、ふたりきりで」

「はあ……。羽柴は行くかもしれないけど、俺は行かないよ」

「え、わ、私だって行かないし！」

「じゃあ、やっぱりデートじゃん」

「う……」

なんだか今日は振り回されっぱなしだ。ふたりで買ったパズルは、ひとまず詩月に預かってもらうことになった。ひとりで進めてもいいよと伝えたけれど、始める時もふたりがいいらしい。

「また連絡するよ。じゃあね」

カメレオンのパズルが入った袋を揺らして、彼が遠ざかっていく。私はいつでも暇だけど、詩月はいつが暇なんだろう。明日？　明後日《あさって》？　明明後日《しあさって》？　私から連絡してもいいの？

ありがとうって言葉だけじゃなくて、次の約束も言えない自分が情けなかった。

# 3　こころの扉

八月中旬。連日最高気温を更新していて、今日も外に出るのを躊躇うほどの暑さだ。こんな日はエアコンが利いている部屋に一日中いたいけれど、約束がある私は支度を済ませて一階に向かった。

「あ、もしもし。うん。今ちょっと郵便局に用があって、帰ってきたところ。まだ仕事の予定がはっきりしないんだけど、次に会えるのは……」

スマホを耳に当てているお母さんと玄関で鉢合わせた。私がいることに気づいたお母さんは慌てて「また折り返す」と言って、電話を切った。

「り、莉津、出かけるの？」

「…………」

私に隠れてコソコソと電話をしてる相手が、二年前と同じ人なのかはわからない。でも、色々なことを誤魔化《ごまか》して、やり過ごそうとしてるお母さんを見ると、どうしたって苛立ってしまう。私はお母さんを押し退《の》けるようにスニーカーを履いて、外に出た。

いつもいつだって、家族がめちゃくちゃになったのはお母さんのせいだって、強く言ってしまいたくなる。だけど、私は浮気のことをお母さんに問いただすことができない。お母さんが私に気づかれてなければいいと知らん顔してるのと同じように、私が見て見ないふりをしてるのは……これ以上、家族を壊したくないからだ。

たとえ再構築なんてできないほどボロボロになっていたとしても、私が余計なことを言わなければ悪化することはない。

「羽柴って、アイスを噛んで食べるタイプだよな」

詩月とコンビニで合流したあと、私たちは歩きながら棒つきのアイスを食べていた。

「詩月だって、ガリガリ食べてるじゃん」

「まあ、そういう名前のアイスだし？」

熱くなりかけている気持ちをソーダ味のアイスがじんわりと冷やしてくれている。動物園に行った日から二回ほど連絡をもらって、今日も一緒にこれからパズルを進める予定だ。

「夏休みもあと二週間で終わりだね」

「なー。あっという間だわ」

「詩月は友達といっぱい遊んだんでしょ」

「まあ、ぼちぼち。でも俺はもっと羽柴と遊びたかったなって思ってるよ」

「動物園にも行って、これからパズルも一緒にやるのに？」

「四十一日ある夏休みで会ったのは今日を入れてたったの三回。普通に少ないっしょ」

詩月はたまに冗談なのか本気なのかわからない顔をする。彼が私と会うのは記憶を探してほしいからで他意はない。でも私はこういうやり取りに慣れてないから、すぐ話を逸《そ》らしたくなる。

「し、詩月はこの二年間で彼女とかいなかったの？　ほら、学校でもモテてるし」

……私はなにを言ってるんだ？

「彼女なんていないよ」

「でもタイプの女の子から言い寄られることもあるでしょ？」

「タイプは記憶が戻った俺に聞いてみないとわかんないや」

その言葉に、少しだけ胸がざわついた。私には今の自分が仮だからって言ってるように聞こえる。

記憶がなくても、この二年間は今の詩月で生きてきたはず。たとえ人によって色を変えられるカメレオンでも、詩月が詩月であることに変わりはないと思うって言いたかったけれど、うまく伝えられる自信がなくて言葉を呑《の》み込んだ。

「……あ」

前から歩いてきた女の子と目が合って、私は小さな声を出した。それは中学の時に仲違《なかたが》いした友達だった。動揺で心臓がバクバクしている。最後に会ったのは卒業式の日だから、顔を見たのは半年ぶりだ。

「わー、莉津！　久しぶりだね！」

このまま無言ですれ違うと思いきや、予想に反して彼女は明るく話しかけてきた。髪の毛を染めてメイクもしてるからか、すごく垢抜《あかぬ》けていて大人っぽくなっている。

「元気だった？」

「……え、あ、うん。元気だよ」

「そっかそっか。莉津も彼氏できたんだね！」

その子が見ていたのは、もちろん隣の詩月だ。彼が笑顔で会釈をすると、「イケメンで羨ましい～！」とさらに彼女は勘違いを加速させていた。

「ま、待って、違うよ。詩月はただのクラスメイトだから」

「えーそうなの？　彼氏かと思っちゃった！」

――『私が嘘をついてるっていう証拠があるなら、出してみてよ！』

中二の時、すごい剣幕《けんまく》で怒られて、どっちが嘘つきか言い合った。もうだいぶ時間が経っているとはいえ、まさかこんなふうに普通に声をかけられるなんて思ってなかった。

「私は最近彼氏ができたんだ。これから家に遊びにいくところ」

「そ、そうなんだ。おめでとう」

「はは、ありがとう。高校生活はどう？　莉津も楽しんでる？」

「あー、う、うん。めちゃくちゃ楽しんでる！」

「なら、よかった。なんかあの頃は色々と子供すぎて喧嘩もしちゃったけど、またタイミングが合えば遊んだりしようよ」

「う、うん。そう、だね」

彼女は「またね！」とサンダルの音を響かせて去っていった。頑張って貼りつけていた笑顔を戻すと、顔が疲れていた。

「中学時代の友達？」

「……うん」

気まずい空気にならなくてよかったはずなのに、私の心はどんよりしている。

彼女が私に対して普通だったのは、今を楽しんでいるからだ。あの喧嘩が子供だったと言えるくらい成長していて、前に進んでいる。じゃあ、私は二年前となにが変わった？

きっと、なんにも変われてない。あの喧嘩以降、友達を作るのが怖くて今も友達と呼べる人はいないいし、学校だって馴染もうと努力するだけで精いっぱいで楽しむことすらできていない。

「羽柴ってさ、あんまり明るくないでしょ」

「え？」

「いや、今もそうだし、学校でも無理して笑ってる時があるから」

せっかくアイスで冷えたはずなのに、図星をさされて顔が熱くなった。

「あんまり頑張らなくてもいいんじゃない？　周りに合わせることで自分を見失う時だってあるし、羽柴は羽柴らしく――」

「詩月に私のなにがわかるの？」

思わず歩く足を止めた。無理をしなければ、私はどんどん人を遠ざけたくなる。だって、そうしたほうが傷つかなくて楽だから。でもそれを選んでしまったら、私は本当に学校で浮いてしまう。

「私は詩月みたいに器用じゃないんだよ。無理して明るくいなきゃ私なんてすぐ周りから弾《はじ》かれる」

「俺は羽柴には羽柴の良さがあるって言いたいだけだよ」

「その良さをたくさん見つけてくれる人がいる詩月に、私の気持ちなんてわからないよ」

何色にでもなれる詩月と何色にもなれない私は、やっぱりなにもかもが違う。

「どこ行くの？」

「……帰る」

「帰るなよ。俺は羽柴のことも知りたいって思ってるよ」

「…………」

「知らずにいるほうが怖いこともあるって言っただろ？」

詩月から強く腕を掴まれた。

知ることは怖い。もちろん知られることも。だからこそ私は中二の時から心に鍵《かぎ》をかけた。大切だった友達にも力のことを言えずに、仲直りをする話し合いさえしなかった。あの子の気持ちを知るという歩み寄りから逃げたからだ。

嘘つきと喧嘩をしてしまった先にも、まだ繋がっていられる友情はあったんだろうか。

ごめんねと言い合えたら、同じ高校に進んで、私も彼女みたいにキラキラした学校生活を送れてる未来もあった？

わからない。わからないけれど、ここで帰ってしまったら、詩月との関係は終わる。なんとなく、それは嫌だと思った。なにがなんでも離さないってくらいに掴まれている腕が痛くて。でもやっぱりそこに優しさも感じた。


予定どおり彼の家に向かい、私たちは和室でパズルを進めた。思いのほか早く外枠が埋まり、あとは真ん中を目指して作る形になっていた。

「順調すぎてもつまんないから、箱の絵を見ないでやるか」

「同系色のピースも多いし、さすがにそれは無理でしょ」

「もしかしてマジで夏休み中に終わらせようとしてる？」

「そのつもりだけど、詩月は違うの？」

するると、なぜか大きなため息をつかれた。まさか本当に一年くらいかけて作る気だったんだろうか……。パズルのフレームは七十×五十センチ。これも割り勘で買ったものだけど、無事に完成したらきっとかなり立派なものになる。

「このパズルはこのまま詩月の家に飾ってね」

「なんで？　元々羽柴が欲しかったやつだろ」

「そうなんだけど、私の家だともったいない気もするし」

「もったいない？」

「うん。とにかく、そうして」

昔と比べて部屋にものを置かなくなったのは、あの家を居心地がいい場所にしたくないからかもしれない。私はなんの選択肢も与えてもらえずにお母さんと家に残ったけれど、冷静に考えればお父さんについていけばよかったんじゃないかと思う時がある。

お父さんがどこで暮らしているのかは知らない。でもたまに【元気か？】なんて短いメッセージが来たりするから、私のことは気にかけてくれてるんだと思う。だけど、この二年間お父さんとは一度も会ってないし、そういう話にもならない。自ら家を出ていったという後ろめたさがあるからなのか、単純に仕事が忙しいだけなのか、確かめる勇気がなくて聞いていない。

嘘をつき続けてるお母さんとはいたくない。でもお父さんと一緒にいることも、きっと難しい。私の居場所はどこにもない。だからこの色鮮やかなカメレオンのパズルは、冷えきっている私の家には、もったいなくて飾れない。

「羽柴の残留思念の力について自分なりに調べてみたんだけど、思念ってさ、簡単に言えば想像上の概念じゃん。人が強くなにかを思った時にその場所に残ってる想いとか、ものに宿ってる感情とか」

「まあ、そうだね」

「つまり、なんでもいいってわけじゃないんだろうけど、このパズルのピースにも思念が宿る可能性はあるってことだよな」

「さあ、どうだろう。ものすごく思い入れがあったりすれば宿るかもしれないけど」

「じゃあ、一ピースのパズルを肌身離さず持ち歩いて、めちゃくちゃ大切にすれば、なくはないってことだ」

「まあ、誰かの形見とかなら別だけど、普通に考えて難しいんじゃない？」

「なるほど、形見か……。俺んちにも形見があったりして」

「俺んちって、ここのこと？」

「いや、俺が両親と暮らしてた家」

「え！　家がわかるの⁉」

思わず前のめりになってテーブルに手をついたら、せっかく作ったパズルが少しだけ崩れてしまった。「あーあ、なにやってんの」とマイペースに直そうとする彼とは反対に「そんなことより家の話でしょ！」と私は声を張った。

「わかるっていうか、ここに来たばかりの頃に俺宛のハガキが届いて、そこに変更前の住所が載ってたんだよ」

「それって、どこ？」

「ここから電車で一時間半くらいのところ」

「そこに行ったことはないの？」

「行こうと思ったけど、そのハガキはすぐばあちゃんに取り上げられたから、詳しい番地までは確認できなくて」

「でも番地以外はわかるんだよね？　そのハガキってまだどこかにある？」

「多分、ばあちゃんが処分してると思うよ」

昔の写真が一枚もないことも変だけど、住所が書かれたハガキを処分するなんて、やっぱりどう考えてもおかしい。よほど詩月にバレたくないことがあるとしか思えない。

一体、彼の失った記憶になにがあるんだろう。

施設にいるというおばあちゃんに触れれば、直接聞けなくても、なにかしらの思念を読み取れるかもしれない。でも私はそれをしにいこうとは言わなかった。彼のおばあちゃんが必死に隠してることを指先ひとつで簡単に知ってしまう覚悟が持てなかったからだ。でも、私は帰らずにここに来た。詩月の記憶探しを手伝いたい気持ちに嘘はない。

「……じゃあ、これから一緒に行ってみる？」

「え？」

「詩月が両親と住んでた街」

私のことを知りたいと言ってくれた彼の過去を、私も知りたくなった。

まだ午前中だし、こういうのは勢いも大事だと思って、私たちはすぐさま駅に向かった。


自分から言い出したとはいえ、電車に乗ったのは二年ぶりだ。内心は緊張していたけれど、詩月が終始話しかけてくれたから、周りの人たちのことはあまり気にならなかった。電車を乗り継いで到着したのは、彼がハガキで見たという住所の街。改札を抜けると、潮《しお》の香りを含んだ涼しい風が頬を撫でた。

「なんか海の匂いがするね」

今日は猛暑のはずなのに、心なしか体感温度も低い気がする。隣の詩月に目をやると、少しだけ寂しそうな瞳をしていた。電車に乗ってる時はいつもどおりだったのに、今は表情も硬い。

「もしかして……なにか思い出した？」

「いや。でもちょっと懐かしい感じがするだけ」

彼が私の力を調べたみたいに、私も詩月が記憶喪失だと知ってから少しだけ記憶について調べた。脳というのは忘れていくメカニズムが決まっているそうで、聴覚、視覚、触覚、味覚、嗅覚の順番らしい。彼の記憶がなぜ消えてしまったのかはわからないけれど、一番最後まで覚えていたのが嗅覚だとしたら、この海の匂いになにか感じるものがあるのかもしれない。

「引き返してもいいよ」

「行くよ。そのために来たんだから」

ここに連れてきた私が先陣を切るべきなのに、詩月のほうが先に歩き始めた。

彼が住んでいたという街は緩《ゆる》やかな坂道が多くあり、住宅も斜面を利用して建てられているものがほとんどだ。

「いいところだね。空気が綺麗」

「うん」

「なにか気になるものとか場所とかあったら教えてね」

「じゃあ、学校を探してみてもいい？」

「学校？」

「十四歳からの記憶がないってことは、少なくとも中一まではこっちの学校に通ってたはずだからさ」

たしかに言われてみればそうだ。彼の家がわからなくても学校だったらすぐ見つかるだろうし、そこから詩月のことを知ってる人にも会えるかもしれない。

私たちは早速スマホの位置情報を使って、マップから学校を探し出した。この街にある中学校は三校で、ひとまずここから一番近い西《にし》中学校を目指すことになった。

「今さらだけど、羽柴の力ってどんなふうに見えんの？」

「ものから感じる思念は、その場の雰囲気だったり持ち主の感情に合わせたものがほとんどだから、連写で撮られた写真みたいに一場面がバーって見える感じ」

「バーって」

「語彙力《ごいりょく》がないんだから、そこはスルーしてよ」

「じゃあ、人から読み取れる思念は？」

「その人の心と一体化する感じかな。だから思いが強すぎると、私まで影響して気分が悪くなる時もあるよ」

「それなら前にうちで思念を読み取った時、羽柴は母さんの心と一体化したってわけか」

坂道のせいで息切れしてきた私と違って、詩月の息は乱れていない。体が坂道に慣れているのか、あるいは坂道を上っていることに気づかないほど心の中は余裕がないんじゃないかと思った。

……詩月のお母さんの心に触れた時。そこにあったのは今の彼と同じように余裕がない感情だった。それを詩月に伝えられずにいるのは、思い出せない家族の記憶が少しでもいいものであってほしいという、私の勝手な願望だ。

「せっかく付き合ってもらったのにごめんな」

結局、西中学校に行っても詩月についての手がかりはなく、当然夏休み中ということもあって在校生の姿も確認できなかった。

「別の中学校にも行ってみる？」

「でも坂道ばっかりで疲れただろ？」

「私は全然平気だよ」

「ありがとう。だけどちょっと休憩しよ」

彼は柔らかく笑ったあと、私の頭に手を置いた。きっと詩月のほうが平気じゃない。住んでいたであろう街に来て、知ってる人に会うかもしれない道を歩いて、自分の記憶がわかるかもしれない期待と緊張をひとりで抱えている。こういう時、なんて声をかけてあげるのが正解なんだろう。今まで人と距離を置いてきたせいで、気遣う言葉さえ思いつかない。


私たちはそのまま海に向かった。階段から砂浜に下りて海岸に近づくと、穏やかな波の音がした。辺りには海水浴を楽しんでいる人たちがいて、その騒がしさを避けるように遊泳区域から離れた場所に腰を下ろした。

「今日、羽柴が一緒にいてくれてよかった」

潮風が彼の髪の毛を揺らしている。

「私は……心の準備もさせないまま連れてきちゃったかなって思ってるよ」

詩月は自分の過去を知りたがってる。だから動くなら早いほうがいいと思った。でもこの街に来て彼の寂しそうな顔を見たら、もう少し計画を練《ね》ってここに来るべきだったんじゃないかと反省した。

「そんなことねーよ。羽柴が行こうって言ってくれなかったら、俺はこの街に来る勇気は出なかったと思う」

コバルトブルーの海を見つめている詩月の瞳の奥には、ほんの少しの怖さも混ざっている。なんでも飄々とやりこなして、羨ましいほど順風満帆《じゅんぷうまんぱん》な生活をしてるように見えるのに、彼は底知れない孤独と戦っている。

「ねえ、詩月は前に自分のことを空っぽだって言ったけど、私もそうだよ」

二年前までの私は小さなことでも幸せを感じていた。だから心は幸せの貯金でいっぱいだった。でも幸せを感じることができなくなってからは、詩月が言ってたとおりわざと明るく振る舞って、無理して笑うことが増えた。そうしてる間に今まで貯めていた幸せの貯金がなくなって、いつの間にか心はがらんどうになっていた。

「この力は両親の不仲がきっかけで生まれたんだ。ふたりの仲がどんなに悪くなっていても、私はなんとかしたかった」

「今、羽柴の親は……？」

「私はお母さんと住んでて、お父さんは別の場所にいる。まあ、いわゆる別居ってやつだよ。そんな状態が二年も続いてて、多分もう元どおりになることはないと思う」

「羽柴は元どおりになってほしいの？」

「……それも、よくわかんない」

自分のことも、ふたりにどうなってほしいのかも、わからない。寂しいのか、苦しいのか、痛いのか。頭で思うことと心で感じていることがちぐはぐなこの気持ちにも嫌気がしてくる。

「もしも詩月に思念を読み取る力があったら、私の心はきっと真っ黒だよ」

だからあの時——。詩月の指に触れて、その心が真っ白だった時、不謹慎かもしれないけれど、それがすごく綺麗なものに感じたんだ。

「黒でもいいじゃん。だって星が見える夜は黒。うちのおはぎも黒。目の前にある海だって日が落ちれば真っ黒。黒にだって綺麗なものはたくさんある」

気づくと砂浜に置いていた私と詩月の手が重なっていた。知りたいという欲求から芽生えたこの力を、私は心のどこかで汚いと思ってた。でも彼が認めてくれて、黒色でもいいと言ってくれて、涙が出そうになった。

「ありがとう、詩月」

この前は言えなかったけれど、今日はちゃんと言えた。

「じゃあ、俺は記憶探し。羽柴は自分探しだな」

そう言って立ち上がった彼に合わせるように、私も腰を上げる。お互いの手はまだ強く繋がっていた。

「自分探しなら、詩月もでしょ？」

「うん。俺、探しものばっかりだ」

パズルのように散らばっている欠片《かけら》は、きっとひとつじゃない。でも失うことしかないと思っていたこの力で、なにかを得ることができるのなら。私の力を認めてくれた詩月になにかを与えてあげることができるのなら、なんでもしたい。彼のためだったら、できる気がした。

「電車が来るまであと十分くらいだな」

空の色が変わり始めてきた頃、私たちは帰るために駅のホームにいた。今日はなんにも手がかりを掴むことができなかったけれど、数時間前と比べると私の気持ちはだいぶ変わっていた。

「あのさ、また来ようね」

「うん？」

「まだ他の中学にも行けてないし、夏休みが終われば同級生に会う確率も高いと思うから」

「うん。ありがとう」

彼にありがとうと言われると、胸が少しだけくすぐったくなる。そうこうしてるうちに反対側のホームに下り電車が入ってきた。帰宅ラッシュの時間帯ではないけれど、電車のドアが開くと大勢の乗客が足並みを揃《そろ》えて降りてきた。

「羽柴、もっとこっち」

ごった返す人波に呑まれないように、詩月が私の体を引き寄せてくれた。その距離感に戸惑っていると、ひとりの男の子が目に留まった。電車から降りきたであろう彼は、詩月の顔を見て目を丸くしている。そして不自然に顔を隠して、私たちの横を通り過ぎた。

……今のって。ただの勘違いかもしれない。でも、明らかに挙動がおかしく、詩月のことを知ってる人かもしれないと思った。

「し、詩月。ちょっとここで待ってて」

「え？」

私は慌てて、男の子を追った。逃げるように改札を通過しようとする彼を寸前で引き止めた。

「あの、すみません……！　もしかして詩月の知り合いですか？」

ゆっくりと振り向いた男の子は、なぜか怯えている目をしていた。

「な、なんのことですか？」

「えっと、詩月世那の知り合いを探してるんです。もし彼のことでなにか知っているなら……」

「ぼ、僕はあんな人知りません！」

「ま、待って——」

思わず腕を掴むと、彼の思念が私の中に入ってきた。

──「ちっ、いてーな」

塾終わりの二十二時。近道をしようと雑居ビルが並んでいる薄暗い路地に入ったところで、誰かと肩がぶつかった。僕のことを睨みつけている男子の顔に、見覚えがある。少し前まで同じ塾生だった南中《みなみ》の人だ。

「なになに、どうした？」

足を止めている間に、ぞろぞろと彼の仲間らしき人が集まってきた。怖くなってすぐ立ち去ろうとしたら、強い力で肩を組まれた。

「きみからぶつかってきたくせに、それはないでしょ。ほら、こういう時はちゃんと誠意を見せないと」

ガラの悪い連中が僕のリュックを無理やり奪った。中身をすべて出されたあと、財布の中に入っていた五千円を抜き取られた。

「や、やめてください。それは参考書を買うために貯めたお金なんです」

「参考書なんてつまらないものを買うより、俺らが有意義に使ったほうが諭吉《ゆきち》も喜ぶだろ」

「バカ。今は諭吉じゃねーよ。そもそも諭吉は一万だろ！」

「えーそうだっけ」

ゲラゲラと笑っているうちに逃げようと思ったけれど、足がすくんで動けなかった。

僕は肩がぶつかった男子を見る。髪の毛を染めて人相も変わっているけれど、間違いなく彼は僕と同じように勉強を頑張っていた人だったはず。だけど、塾に来なくなってから夜遊びを繰り返したり、悪い仲間と遊んでいるという噂を聞いた。今日まで半信半疑だったけれど、まさか本当に……。

「まあ、とにかく金はもらっていくわ」

「本当にやめてください！　それがないと僕は……」

「は？　うるせーよ！」

思いっきり突き飛ばされて地面に倒れた。また男たちの高笑いが響く中、彼は僕に向けて冷たい視線を送っているだけ。

「警察沙汰《ざた》になったら面倒くせーから、ほどほどにしとけよ」

「とかいって、世那だって悪いことしてんじゃん。駅の自転車ドミノ倒しにして逃げてたし」

「あれはわざとやったんじゃねーから」

雑談をしてる隙に、僕は立ち上がって逃げた。「おい、待てや!」という怒号が後ろから聞こえてくる。

南中の詩月世那。あいつは変わった。絶対に関わってはいけない。みんな、みんな、そう言ってる。あいつに目をつけられないように、もっともっと逃げなければ――。


「……は、し、羽柴?」

ハッと我に返ると、私は電車に乗っていた。隣を見ると、詩月が心配そうに顔を覗き込んでいる。

「顔色が悪いけど、大丈夫か?」

「あ、う、うん。平気だよ。ちょっと疲れただけ」

「俺の肩で休んでいいよ。着いたら起こすから」

彼に誘導されながら、素直に頭を預けた。

あの男の子から思念を読み取ったあと、私は何事もなかったように詩月の元に戻った。私の予想どおり、あの彼は詩月のことを知っていた。だけど思念の中にいたのは、私が知っている詩月じゃなかった。髪を染めて、素行が悪そうな人たちと仲良くしていた彼は、とても冷たい目をしていた。

――『警察沙汰になったら面倒くせーから、ほどほどにしとけよ』

本当に、本当に、あれは詩月なの？

信じられない気持ちとは裏腹に、今とは違う彼の姿が頭から離れない。私に肩を貸してくれている詩月は優しいのに、思念の影響が残っているせいで、少しだけ彼に対して怖さを感じてしまっている。

記憶を失くす前の詩月は、どんな生活をしていたんだろう。

なんで悪そうな人たちと一緒にいるの？

『詩月は十四歳から前の自分はどんな感じだったと思う？』

『うーん。今と変わってなければいいなとは思うよ』

せっかく記憶の手がかりを見つけることができたのに……。

私は読み取った思念を、彼に話すことができなかった。

夏休みが明けて、学校では二学期が始まった。「おはよう ー!」「久しぶり」なんていう声が教室で飛び交っている中、女子たちは早速詩月の机に集まっていた。

「ねえ、世那~。夏休み中いっぱい電話したのに、出てくれなかったでしょ?」

「はは、ごめん。色々と忙しくてさ」

「じゃあ、今日の帰りにどっか行こう。あ、プリ撮りたい!」

「今日は用事があるからまた今度な」

「ええ~!」

好意があるであろう女子のことを邪険にすることなく、詩月はやんわりとかわしていた。

人当たりが良くて、社交的で、誰のことも傷つけない彼は、やっぱり学校ではカメレオンに似ている。そんな詩月をじっと見ていたら、ふいに目が合った。周りの目を気にすることなく笑いかけてきたから、条件反射で顔を背《そむ》けてしまった。

……今のはちょっと、感じが悪かったかも。不安になってもう一度彼のことを確認したけれど、とくに気にしてないようで友達とまた楽しそうに喋っていた。

　夏休み中に何回か会って、詩月との距離は近くなった。でも学校が始まると、また前みたいに私たちは遠い場所にいる。誰からも好かれている詩月世那。誰からも怖がられていた詩月世那。きみにはいくつの顔があるんだろう。本当のきみは、一体どれなの？

「羽柴さーん。また掃除場所、代わってくれるよね？」

　始業式が終わったあと、一時間ほど全校生徒で校舎の掃除をすることになった。私に声をかけてきたのは、以前トイレ掃除を代わってあげた子だ。前は「代わってくれない？」と頼み方も謙虚だったけれど、なんだか今日は代わることが当たり前みたいな雰囲気だ。正直、掃除場所なんてどこでもいいし、断ってなにか言われるくらいなら代わってしまったほうが楽に決まってる。

　──『俺は羽柴には羽柴の良さがあるって言いたいだけだよ』

　いいよって明るく言おうとしたところで、ふと詩月の言葉を思い出した。私の良さってなんだろう。誰が見つけてくれるんだろう。少なくとも掃除場所を代わってほしい時にだけ話しかけてくるこの子ではないことだけはわかる。

「ごめん。今日は代われないや」

やんわりと伝えたら、「は？　なんでだよ」と怒られた。そのまま友達の元へと戻っていく彼女は、きっとこれから私の悪口を言ったりするんだろう。こうならないために頑張ってきたけれど、表面だけに貼り合わせたメッキはすぐに剥《は》がれる。私はやっぱり器用にこなすことはできなかったけれど、剥がれないようにうまく塗装《とそう》できてる人もいる。

「夏休みのお泊まり会、本当に楽しかったよね。優子のルームウェア超可愛かった！」

「え〜、本当に？」

教壇の前で談笑しているのは宮部さんのグループだ。宮部さんは相変わらずお姫様のように真ん中にいて、周りからちやほやされている。きっと彼女がイヤホン事件の真実を友達に打ち明けることはない。

理不尽《りふじん》に責められた私への謝罪なんてもちろんないし、してほしいとも思わないけれど、これからも彼女に対しての不信感は消えないと思う。だからこそ、私は今日掃除場所を代わらなかった。うまく取り繕《つくろ》って張りぼての自分を演じても、そこに本当の私はいないと思ったから。

「おーい詩月！　詩月はいるか？」

と、その時。担任が教室に入ってきた。どうやら詩月が指定されている掃除場所に来ないらしい。

「たしか世那って中庭だっけ？」

「あそこ直射日光すごいから誰だってやりたくないよね」

「……たく。詩月を見つけたらすぐ中庭に来るように伝えてくれ」

「はーい」

宮部さんたちが返事をすると、担任はまた別の場所へと彼のことを探しにいった。たくさんの色を持っているのに、やっぱり詩月は時々透明になって行方をくらませる。

「世那どこでサボってるのかな？　私たちも誘ってくれたらいいのにね」

「うん、うん。世那って明るいけど、自分のことはあんまり喋んないっていうか、ちょっとミステリアスなところがあるよね」

「でもそこがいいんだよ。彼女作ればいいのに」

「世那はみんなの世那だからダメでしょ」

「はは、たしかに！　世那は誰のものにもなっちゃダメだわ」

彼のことを物扱いしてる女子たちにモヤッとしつつ。私が気にすることじゃないと言い聞かせていたら、ポケットの中のスマホが震えた。

【暇なら、放送室に来て】

それは詩月からのメッセージだった。彼はたしかに謎めいてるところがあるけれど、ミステリアスとは少し違う。私の前だとけっこう強引で、よく困らせることを言ってきたりする人だ。


「ぷはっ、なにその雑巾《ぞうきん》！」

窓拭き用の雑巾を持ったまま放送室に入ると、詩月に笑われた。思わず投げそうになったけれど、乾拭きじゃ当たっても効果はないと思ってやめた。

「あのね、暇してるのは詩月だけだよ。あと、先生マジな顔して探してた」

「あーやべ。あとで言い訳しなきゃ」

彼は反省する素振りも見せずに、キャスター付きの椅子でくるくる回っている。

　本来、放送室を自分の部屋みたいに使うなんて許されるはずがないのに、なぜか許されてしまうのが詩月なんだと思う。

「とりあえず座りなよ。莉津さん」

「ふざけてるなら戻るよ」

「わ、嘘、嘘。冗談。羽柴さんどうぞおかけください」

　なんだか前にもこういうやり取りがあったなと思いながら、私は詩月と向き合う形で腰を下ろした。

「今日、なんか怒ってた？」

「え？」

「いや、朝。目が合ったのに無視されたから」

　彼は言いづらそうな声を出した。私が顔を背けたってちっとも平気な感じだったのに、内心では気にしていたらしい。

「無視したんじゃなくて、どういう反応をしたらいいのかわからなかったんだよ。それになんか詩月って学校だと雰囲気違うし」

「それを言うなら羽柴だってそうだよ。教室だと無闇に話しかけられないオーラが出てる」

「これからは他の人も私に話しかけてこないと思うよ」

「なんで？」

「トイレ掃除を代わってあげなかったから。半分は詩月のせいだからね」

「え、俺、なにかしたっけ」

あの時の言葉を思い出したことは伝えなかった。私はずっと誰にでも好かれている詩月が苦手だった。それは羨ましいという感情からくる嫉妬もあったと思う。でも今は不思議とカメレオンの詩月をいいなとは思わない。本当の自分がわからないからこそ、カメレオンでいなければいけないことは苦しいと思う。だから、彼はこうして透明になる。疲れてしまう心を、ほんの少し休めるために。

「たまにいなくなる時は、放送室にいたの？」

「全部がそうってわけじゃないけど、大体は。俺、静かな場所が好きだしさ」

彼はまた私の知らない顔をした。

学校の詩月はたくさんの蜜《みつ》を持っている花みたいで、なにもしなくても人が寄ってくる。だけどやみくもに水を与えるばかりで、誰も彼の花を育てたりはしない。たとえ根腐《ねぐさ》れを起こして枯れる寸前だとしても、きっと枯れてからじゃないと周りは気づかないんだろう。

「ねえ、詩月」

「ん？」

私が放送室に来たのは、彼に伝えなければいけないことがあるからだ。あの日に読み取ってしまった思念。記憶探しを手伝うという約束をしてる以上、ずっと隠しておくことはできない。

「――もしも、記憶が戻る前の自分と今の自分が別人みたいに違っていたら、どうする？」

過去の彼は笑うことを忘れてしまったような目をしていた。詩月が直接、あの男の子になにかをしていたわけではなかったけれど、不良たちと仲良くしていたのは事実だ。

「うーん。でも受け入れるしかないと思う」

「なにか悪いことをしてたとしても？」

「今はまだわかんないけど、それも自分だって割り切るしかないんじゃないかな」

詩月の口調はどこか他人事のようだった。それもそうだ。だって、もしもなんて言い出したらきりがない。

「なんでそんなこと聞くの？」

伝えなくちゃいけない。私たちはそのための関係なんだから、伝えるべきだ。

「う、ううん。なんとなく聞いただけ！」

でも私はやっぱり言葉にはできなかった。

『嘘は二種類あるって知ってる？』

『人を傷つける嘘と傷つけない嘘』

あの時は嘘をつく人なんて、どんな理由があっても信じられないって思っていたけれど、今ならわかる。

嘘をついても守りたい。私は詩月に傷ついてほしくないんだ。


その日の帰り道。時間はお昼の十二時を回ったところで、強い日差しがさんさんと照っている。まだ夏の暑さが続いていても、いつの間にかセミの声がずいぶん減った。お昼ご飯はどうしようなんて思っていると、横断歩道の向こう側を歩く男性が目に入った。

……え、お、お父さん？

私は確認するためにあとを追う。仕事中なのかお父さんはスーツ姿だった。横断歩道を渡りたくても、なかなか信号が変わらない。

「お父さん！」と呼ぶ声に重なるようにして、後ろから女性が駆け寄ってきた。

……ドクン。その人はお父さんと親しげに会話をしたあと、路肩に停めてあった同じ車に乗り込んだ。お父さんが運転する車がUターンをして、こっちに向かってくる。私がいるのに、私はお父さんに気づいたのに、車はそのまま横を通り過ぎていった。

あの車はお父さんのものじゃない。きっと会社の車だと思うから、あの女性も仕事関係者だ。それはわかってる。そうだって信じたい。なのに、疑ってる自分がいる。

もしもお母さんだけじゃなくて、お父さんにも相手がいたら？　この二年間でそういう人ができていても不思議じゃない。お互いに大切な人がいて、その人と一緒になりたいと思っていたら、私はどうなるんだろう。頭の中でお父さんとお母さんの喧嘩がフラッシュバックしてる。

「ハア……ハア……」

徐々に息苦しくなってきた胸を押さえた。呼吸をしようとしても、うまく吸うことができない。人の気持ちは変わってしまう。お父さんとお母さんの心も変わっていく。でも、どうしてそうなる前に相談してくれないの？

ふたりがなにを考えているのか、これからどうなるのかわからない。

このまま中途半端な関係を続けるなら、いっそのこと離婚すればいい。早く、早く、離婚してしまえ。頭ではそう思っているのに、なんで……。なんでこんな時に三人で仲良く川の字で寝ていた頃のことを思い出すんだろうか。

休日にはお父さんの車でドライブをして、お昼は芝生がある公園でお母さんの手作り弁当を食べる。私はおにぎりを頬張《ほおば》りながら、早くボール遊びがしたいとふたりにせがんだ。腰が痛いと言うお父さんに、運動不足よと、お母さんが笑う。

特別なことなんてなにもない。だけど、三人で同じ時間を過ごしたことが忘れられない。もう、あの頃に戻れないことはわかってる。でもどこで間違えなければ、なにをしていたら、あの頃と繋がる今になっていたんだろうとバカみたいなことを考えてしまう。

――『羽柴は元どおりになってほしいの？』

わからないいんじゃない。きっと最初から私の答えは――。

「あ、気がついた？」

ゆっくりと目を開けると、なぜかそこには詩月の顔があった。どうして彼がいるのか状況が理解できない。でも詩月の顔が上にあるってことは、私が横になってる場所は……。

「え、わっ、ご、ごめん……！」

慌てて起き上がろうしたら、「いいから、まだ寝てろ」と詩月の膝に戻された。

これって膝枕《ひざまくら》だよね……？

周りを見渡すと、柱と屋根だけの空間にいた。多分、ここは公園の東屋《あずまや》だ。

「私、どうなったの……？」

「過呼吸で倒れた」

「か、過呼吸？　詩月がここまで運んでくれたの？」

「うん。放送室でちょっと様子がおかしかったような気がしてさ。それで話そうと思って羽柴を追ってきたら道端で苦しそうにしてて……」

「そう、だったんだ。ごめん。迷惑かけて」

「別に迷惑じゃないよ」

にこりと笑う詩月を見て、さっきまで息ができなかったのに、なんだかホッとしてる自分がいた。

「俺もあるよ、過呼吸。自分が何者かわからないストレスでなったことがある。苦しかっただろ」

詩月に頭を撫でられて、私は唇をぎゅっと噛んだ。

「そんなに優しいことを言われたら泣きそうになるから、やめて」

「泣けばいいじゃん」

「やだ。泣いたら弱くなるもん」

だからどんなことがあっても泣かないって、二年前から決めている。

「なにがあったのか、聞いてもいい？」

「……前にこの力は両親の不仲がきっかけだったって話をしたけど、うちのお母さんの浮気が原因でもあるんだ。私は思念を読んでそのことに気づいたけど、お父さんは多分知らない」

「うん」

「だから、なんとなく今の生活に限界が来たらお父さんを頼ればいいと思ってた。でもさっき、お父さんが女の人と一緒にいるのを見ちゃって、私は真っ先にお父さんもお母さんと同じなんじゃないかって疑った」

だって、お父さんはこの二年間、私に会おうとしてくれなかった。メッセージのやり取りで、なんとなくお父さんのところに行きたいような雰囲気を出しても、一緒に暮らそうという言葉を言ってはくれない。仕事が忙しいだけなんだって自分を無理やり納得させてきたけれど、本当はお父さんに対しての不信感も抱き続けていた。

「結局、私はふたりの邪魔なんだと思う。そう思っちゃうくらい親のことが信じられないって、相当ヤバいよね」

「でも羽柴は信じたいんだろ？」

「…………」

「だから父親も浮気してるんじゃないかって悲しくなって過呼吸を起こした。違う？」

私は詩月からの問いかけに、握りこぶしを作った。あの頃に戻れないとわかっていても、私はきっとあの頃に戻れる道を探していた。お母さんが浮気をしていても、お父さんが家に帰ってこなくても、また家族三人で暮らしたいと願っていたんだ。

「俺は親のことを思い出せないけど、信じたい気持ちはわかるよ。ばあちゃんがなにも教えてくれなかったから、いつもどんな親だったのか想像したりもしてるし」

「……想像の中ではどんな感じなの？」

「それがさ、顔も声もまったく想像できないんだよ。だから親のことがなにひとつわからない自分は薄情《はくじょう》だなって思ったりもする」

「そんなことないよ！」

声を張りながら、体を起こした。記憶喪失の原因はまだわからないけれど、なにも思い出せない自分を否定してほしくなかった。

「親との忘れられない思い出がある羽柴と、なにもかも忘れた俺と、どっちが苦しいのかなんて答えはないんだろうけど、俺は忘れたくないことを見つけたいと思ってる」

……なんてまっすぐな目をするんだろう。考えてみれば、私たちは十四歳という同じ時期で躓《つまず》いて、この二年間、前に進むことができずにいた。でも、詩月はそんな自分を変えるために少しずつ歩き出した。

じゃあ、私は？　このまま立ち止まっていていいの？

「俺は羽柴の家族のことを解決してあげられないけど、その代わりに自分の記憶探しを通して、知ることは怖くないって羽柴に証明するよ」

強い風が詩月の髪の毛をさらっていく。その揺れる髪の間からなにかが見えた。それはこめかみに残る古い傷痕《きずあと》。なにかにぶつかったような、えぐられたような深い傷に思わず手を伸ばす。傷に触れた瞬間、一気に思念が流れ込んできた。


――「……ふざけるなっ!!」

険しい顔をした父さんは怒りとともに、机に置いてあった本を床に叩きつけた。

「なんでお前だけ勉強についていけないんだ！　俺の子供ならもっと賢いはずだろ！」

小学校の時から勉強漬けで、難関私立中学に進学したものの、授業についていくことができずに、学校を変えたいと父さんに伝えた。

「これからも勉強は頑張る。でも、俺は普通の中学生になりたいんだよ」

「そこまで言うなら中学校を変えてやってもいい。でも成績を落とすことは許さない」

「それは……努力する」

「俺はお前のために怒ってるんだからな。今から色々なことを学んで知識をつければ俺みたいな人生が送れる。お前もそうなりたいって言ってたじゃないか」

「小さい頃はそうだったけど、今は違う」

「違うってなにがだ」

「俺は父さんみたいになりたくない。俺は俺の力で……」

「いい加減にしろ！」

思いっきり右頬を殴られた反動で、本棚の角にこめかみをぶつけた。頬を伝って流れてくる生温かい血。ズキズキと傷が脈《みゃく》を打っていて、深く切ってしまったんだとわかった。

痛くて痛くてたまらないのに、母さんは遠い場所から見てるだけ。

いつもそうだ。なんでも父さんの言いなりで、それが正しいと思い込んでいる。

俺はふたりのために、生きてるんじゃない。俺はふたりの理想を叶《かな》えるために生まれてきたわけじゃない。

なにもかも、壊したい。

全部、全部、壊れてしまえばいいんだ。

「……羽柴?」

詩月からの呼びかけに、残像が途切れた。はじめて見ることができた詩月からの思念。生々しい傷痕に残っていた記憶は、想像するより苦しいものだった。

彼がどうして、変わっていったのか。なぜ不良たちと一緒にいるようになったのか。私も改めて一緒に探したい。

「詩月。私も知ることを怖がらない自分になりたい。だから、また行ってみよう。あの街に」

たとえ空白の記憶の先にいる彼が、今の詩月ではなかったとしても、知ることは怖くないんだって。やっぱり知ってよかったって、ふたりでそう思いたいから。

# 4 想いの欠片

翌朝。いつもより早い時間に目が覚めた。てきぱきと制服の袖に腕を通して向かったのは、学校ではなく駅だ。

「羽柴、おはよう」

そこにはすでに詩月の姿があった。私たちはこれから彼の住んでいた街に行く。休日ではなく今日にしたのは、どうしても平日に当たってみたい場所があったからだ。

「うん。おはよう」

「ごめんな。学校サボらせることになって」

「なんで詩月が謝るの？　私から言い出したことでしょ」

「でも、やっぱり悪いなって。だからこれ」

「え、おにぎり？」

「多分、朝ごはん食べてこないだろうなって思ってさ。梅《うめ》と梅、どっちがいい？」

「ぷっ、どっちも梅じゃん！」

「俺、梅が好きなんだよ」

「私も好きだよ」

立ち食いなんて行儀《ぎょうぎ》が悪いのに、ふたりして電車を待つホームで食べた。この時間の電車が混んでいることはわかっている。予期せぬ接触で誰かの思念を読んでしまうかもしれないけれど、今はそうなっても動揺したりしない。自分のためには動けなくても、詩月のためだったら自然と体が動く。過去を知るというのが彼の原動力なら、私の原動力は詩月だ。

混んでいた電車は乗り継ぎを二回する頃には、座れるようになっていた。私はそこで詩月のことを知っている男の子の思念を読んだことを話した。夜の街にいたことも、不良と親しげだったことも、その仲間たちが男の子からお金を取ろうとしていたことも全部。

「勘違いしてほしくないから言うけど、詩月は男の子に暴力を振るったり、一緒にお金を取ったりはしてなかったよ」

「でも、止めてはいなかった？」

「ほどほどにしとけよ、とは言ってたけど……」

あの思念はあくまで、一場面にすぎない。警察沙汰になったら面倒くさいと言ってたし、悪いことをしていた可能性は否めない。

「教えてくれて、ありがとな」

詩月の表情はいつもどおりに見えるけれど、きっと内心は動揺してるはずだ。思念は真実を私に見せる。だから中学時代の彼が荒れていたことは事実なのに、まだ十四歳の詩月と十六歳の詩月が重ならない。

「なにか思い出せそうなこととかある？」

「いや、なにも……。羽柴が思念を読み取った男子の名前ってわかる？」

「ごめん。それはわからなかった」

「そっか。そうだよな……」

膝に置いてある詩月の手に力が入った。その手に触れても、私には彼の気持ちがわからない。

だからもしも自分だったらって考えた。きっと記憶の糸を手繰《たぐ》り寄せながら、こんな自分だったんじゃないかと何度も想像するだろう。それで今と変わってなければいいと、私だって詩月と同じように願うはずだ。

「今ならまだ、やめることもできるよ」

傷が浅いうちに引き返して、みんなに好かれている今の彼のままで生きる選択だってある。

「やめないよ。自分がどういう人間で、なにをしてたのか、なおさら知らなきゃいけない気がする」

私は詩月のこめかみの傷痕を見る。そこから読み取れた思念。

――『……ふざけるなっ!!』

高圧的な声と、彼に向かって振り下ろされていたこぶし。これも絶対に伝えなければいけないことだってわかってる。だけど連続で動揺を与えるのは、私もきつい。

仲違いしていた詩月のお母さんとおばあちゃん。そして厳しいお父さんと、それを見守るだけのお母さん。まだなにも確証なんてないけれど、彼の記憶が消えてしまった原因に家族が深く関わっているんじゃないかって思った。

目的地に着くと、また海の匂いがした。やっぱり寂しそうな目をしている詩月の腕を私は強く掴む。

「この前とは別の中学校に行ってみようよ」

平日に来たのはそのためだ。あの男の子は思念の中で〝南中の詩月世那〟と言っていた。夏休みに当たったのは西中だったから南中に行けば、彼のことを知ってる人に会えるはず。

南中は海沿いの国道を抜けた先にあった。正門に近づいて、とりあえず中を覗いてみる。おそらく今は授業中だろうし、先生らしき人も歩いていない。当然、勝手に敷地内に入ることはできないし、休み時間とかに誰か門の近くを通ってくれたらいいんだけど……。

「俺、ここの学校に通ってたんだな」

「なにか感じるものがある？」

「時々、海が眺められる教室で授業を受けてる夢を見ることがあったんだ。もしかしたらこの学校のことだったのかもなって」

「海、近いもんね」

「うん」

海を感じながら学校生活を送っていたとするなら、懐かしい気持ちになるのも、少し寂しくなるのも納得できる。

「詩月がこの学校に通っていたのが二年前ってことは、当時の一年生が三年で在籍してるってことになるよね？」

「うん、多分」

「だったらきっとなにか手がかりがあるよ。この前みたいに詩月のことを知ってそうな人がいたら、追いかけて私が思念を読むこともできるし」

「羽柴って、なんか変わったな」

「え？」

「最初の頃は絶対に力は使いたくないって感じだったのに」

詩月はなぜか嬉しそうだった。今でもこの力のことは好きじゃないし、欲しい人がいるならあげたっていい。でも私は誰かのために力を使えることを知った。人の心を覗くことに抵抗はあるけれど、この力が芽生えたのもなにか意味があることかもしれないから、それがわかるまでは触れることを躊躇いたくない。

「なかなか誰も来ないね……」

正門で待ち続けること二時間。ひとりくらい敷地内にいてもいいはずなのに、生徒も先生も通らない。

「ちょっと日陰に移動しよう」

「ダメだよ。その間に誰か来るかもしれないじゃん」

「でも羽柴が熱中症になったら大変だろ」

「私は平気だよ！」

「ダメだ。こんなに熱くなってる」

彼が私の頭に手を置いた。平日だったら夏休みと違って絶対に生徒がいるから、すぐ誰かに会えると思ったのに……。

「世那先輩……？」

だったら交代で休もうと言おうとしたら、後ろから声が聞こえた。振り向くと、髪をピンク色に染めている女の子が立っていた。

「や、やっぱり先輩ですよね⁉　どうしてここにいるんですか？」

彼女は詩月のことを確かめるように近づいてきた。

「今までなにをしてたんですか？　今どこに住んでるんですか？　高校にはちゃんと通ってますか？」

「えっと……」

次々とされる質問に、詩月が困っている。女の子の制服の胸元に「南」という刺繍《ししゅう》が入っているから、おそらく南中の生徒で間違いないと思う。

「あの、ひょっとして詩月の後輩ですか？」

「は？　あんた、誰？」

戸惑っている詩月を助けるために間に入ったら、彼女は露骨《ろこつ》に声色を変えた。なんとなく敵視されているのは気のせいだろうか。その子は私のことなんて見えてないというような感じで、詩月の手を握った。

「先輩、私ですよ。後輩の安田梓《やすだあずさ》です。私が一年生の時によく遊んでくれたじゃないですか」

「やすだ……あずさ？」

「ど、どうしちゃったんですか、先輩。なんか雰囲気も前と違いますし、この二年の間になにがあったんですか？」

もちろん彼女は詩月が記憶喪失だとは夢にも思ってない。色々と説明しなければいけないことが多いけれど、ようやく詩月の記憶に繋がりそうな人に会うことができた。

　そのあと、女の子を連れて、近くの公園に移動した。終始、私は余計だというような目をされたけれど、不安そうな詩月とふたりきりにはさせられなかった。

「学校は大丈夫？」

「はい。すでに遅刻ですし、元々休もうかなって思ってたんで」

「単刀直入に言うと、俺、昔の記憶がないんだ」

「ええっ……!?」

「だからきみのことも覚えてないんだけど、俺たちは友達だったっていう認識でいい……？」

　彼女は詩月の質問に答えられないくらい絶句していた。頭の整理をしてるように険しい顔をしたあと、「き、記憶がなくなったのは、もしかして――」となにかを言いかけた。

「……俺の記憶喪失の理由を知ってるの？」

「い、いいえ、なんでもないです。気にしないでください！　あ、私たちの関係ですよね？　私たちは友達というより、とっても健全な先輩後輩でしたよ！」

彼女がなにかを誤魔化すように微笑んだ。さっき言いかけたことも気になるけれど、詩月との関係もなんとなく言葉をぼかした気がする。でも、私がここで追求するのは逆効果だと思って、口は挟まなかった。

「そんなことより昔の記憶がないって、すごく大変じゃないですか。本当に全部忘れちゃったんですか……？」

「うん。二年前までのことはなんにも覚えてないんだ」

「そんな……」

ふたりが親しかったのかはわからないけれど、私たちが知らない十四歳の詩月をこの子は確実に知っている。これは大きな前進だ。

「いきなりこんなことを頼むのは申し訳ないけど、きみが知ってる範囲でかまわないから俺のことをできる限り多く教えてほしい」

そう言って頭を下げる詩月を見て、女の子が目を丸くさせていた。

「ちょ、ちょっと、頭なんて下げないでくださいよ。先輩はそういうことをする人じゃないでしょ？」

私が今の詩月と昔の詩月の間で戸惑っているように、彼女も同じ理由で困惑している。だけど、頭を下げるほど彼は自分の過去を知りたがっている。私が安田さんに触れれば思念を読めるけれど今はこの力ではなく、彼女の口から聞いたほうが詩月のためにもなると思った。

「……先輩は中二の春に南中に転校してきたんです。その時から顔が良くて、私はけっこう早い段階で目をつけてたんですけど、最初の頃の先輩は塾に通ってて真面目な生徒っぽい雰囲気でしたよ」

「〝でした〟ってことは、変わっていったってことだよね？」

「はい。いつからかタガが外れたみたいに不良たちと遊ぶようになりました」

「なにか悪いことをしてた？」

「してたのは周りの人たちですよ。先輩もその輪の中にいたんで仲間扱いでしたけど、捕まるようなことはしませんでした」

私は頭の中で安田さんの言葉と、詩月から読み取った思念を照らし合わせた。時系列にすると、詩月が勉強のことでお父さんに傷を負わされたのは、南中に来る前の中学一年生。たしか私立中学に進学したって言ってた。それで中学校を変えて、中二の春に南中へと編入。最初は勉強を頑張っていたけれど、次第に不良たちと付き合うようになった。

「でも俺のことを怖がってる人がいたらしいんだ」

「あー、たしかに先輩は怖がられてましたよ。なんせ不良たちを従《したが》えてましたからね」

「じゃあ、やっぱりなにか悪いことを……」

「あの人たちは先輩に集《たか》ってただけですよ。先輩の家は裕福だったらしくて、羽《は》振《ぶ》りもよかったので、お金目当てみたいなところもあったというか……。まあ、先輩もそれをわかってて遊んでる感じでしたけどね」

「俺の家が裕福ってことは、うちの親のこともなにか知ってる？」

「え、し、知らないです。知らないです！　先輩ってめちゃくちゃ秘密主義の人だったので、家族のことはほとんど教えてくれませんでした」

彼は続けて南中を一年足らずで転校することになった理由も聞いていたけれど、彼女はただ一言わからないと答えた。

安田さんと話してるうちに、私たちの帰る時間になった。彼女が駅まで送ってくれるそうで、公園を出て三人で歩いた。

「世那先輩、今もモテるでしょ？　二年前もファンが多かったんですよ！　夜遊び友達の女子たちから手作りお菓子とかもらってましたもん」

「へえ、そうなんだ」

「でも先輩ってチョコ系が苦手だから、チョコのものをもらうと、こっそり誰かにあげてました」

「チョコは今も得意じゃないよ」

「やっぱり！　記憶がなくてもそういうところは変わらないんですね」

私はふたりの会話を一歩下がって聞いていた。安田さんはきっと、詩月に好意を持っている。私の勘が当たっているのなら、少なくとも二年前までは彼のことが好きだったはずだ。

私は恋愛ごとに疎《うと》いし、誰が誰のことを好きでも興味がない。だけど、安田さんを見ていると少しだけ胸がざわつく。詩月のことを好きな女の子なんて学校には数えきれないほどいるのに……。私が知らない詩月を知っているってだけで羨ましいような、悔しいような気持ちになるのはなんでなんだろう。

「あれ、梓じゃん！　もしかして梓もズル休み～？」

そんなことを悶々《もんもん》と考えていたら、反対側の歩道にいる女の子が声をかけてきた。安田さんと同じ制服を着てるから南中の生徒だろうか。安田さんの友達であろうその子は、道路を渡ってこっちに来ようとしていた。

「あ、ま、待って！　私が行く！　えっとふたりは先に駅に向かってってください」

行き交う車を確認したあと、安田さんは道路を横切って友達のところに行った。

詩月は呑気に歩き始めたけれど、私はちょっとだけ引っ掛かる。

安田さんと同じ学校なら、彼女も詩月のことを知っているはずだ。なのに紹介することなく、まるで詩月だとバレたくないみたいに友達を近づけさせないようにしてた。

どうして、詩月のことを隠すんだろう。彼のことを知ってる人が多いほうが、色々な情報も集まりやすいのに。

「俺、電車が来る前にトイレに行ってくるから」

「うん。わかった」

駅に着いて、私は券売機の近くの柱に寄りかかった。スマホを確認すると、お母さんからの連絡は入っていなかった。無断欠席の報告が担任からあったらどうしようと思ったけれど、どうやら大丈夫だったみたいだ。

「ねえ」

「……わっ！」

気がつくと安田さんが戻ってきていた。まだ詩月はトイレから帰ってきてないけれど、今のって私に話しかけたんだよね……？

「あんたって世那先輩の彼女？」

「え、か、彼女じゃないよ！」

「でも仲いいんでしょ？」

「詩月とは同じ学校のクラスメイトってだけだよ」

「ただのクラスメイトが学校をサボってこんな片田舎《かたいなか》まで一緒に来ないでしょ」

これはいわゆる牽制《けんせい》というやつだろうか。なんて返したらいいのかわからなくて固まっていると、安田さんはじっと私の目を見てきた。

「あのさ、お願いがあるんだけど——」

「……え？」

安田さんと別れたあと、私は詩月と合流した。改札を抜けて電車を待つこと五分。ホームに私たちが乗る電車がやってきた。「座れそうでよかった」なんて言いながら、詩月が電車に乗り込む。私はそのタイミングで足を後ろに引いた。

「ごめん詩月。さっきの公園にスマホを忘れたみたいだから先に帰ってて」

「え？」

「じゃあ、また明日」

「は、お、おい、羽柴……！」

彼が降りようとした瞬間に、電車のドアが閉まった。唖然《あぜん》としながら窓に張りついてる詩月に手を振って、私はまた改札口を通り抜けた。

『あのさ、お願いがあるんだけど、先輩には内緒でふたりきりで話せない？』

来た道を戻って公園に向かうと、安田さんがベンチに座っていた。ポケットの中でスマホが震えている。多分、詩月からだろう。私はそのメッセージを確認しないで、安田さんの隣に座った。

「急に引き止めてごめん」

「う、ううん。大丈夫だよ。それで私に話ってなに？」

「世那先輩って、本当に二年前からの記憶がないんだよね？」

「うん。そうみたいだよ」

「先輩がこの街に来たのはなんで？」

「詩月は自分の記憶を探していて、私はその手伝いをしてるんだよ」

「名前、羽柴だっけ？」

「うん」

するると、安田さんは体の向きを変えて、私のほうを見た。また敵視されるんじゃないかと思って身がまえていたら……。

「羽柴さん、お願い。先輩の過去を探るのを今すぐやめて」

「……え？」

一瞬、なにを言われたのかわからなかった。てっきり恋愛絡《がら》みの話だと思っていたのに、彼女の口から出てきた言葉は想像すらしてないことだった。

「そ、それってどういうこと？」

「もう先輩をこの街に来させないで。南中にも行っちゃダメだし、知り合いにも絶対に会わせないようにしてください」

「ま、待って、待って。話がよくわからないんだけど、なんで記憶を探しちゃいけないの？　……なにか、あるの？」

詩月の前では元気に振る舞っていたのに、今の安田さんの顔は余裕がない。

ずっとなにかを隠しているような気はしていたけれど、もしかして安田さんは詩月の記憶について重大なことを知っている？

「なにがあったのかは、私にはわからない。ただあの頃の先輩は家に帰りたくない理由があったみたいで、知り合いの家を転々としながら生活してた」

彼女は当時を思い出しながら、ぽつりぽつりと詩月のことを話してくれた。

「その知り合いって、さっき言ってた不良たちのこと？」

「その人たち以外にも先輩には色々な知り合いがいたの。まあ、ほとんど上辺だけの関係だったから友達ではなかったけど」

「……詩月と安田さんの関係は？」

「私も夜の街を徘徊《はいかい》してて、そこで先輩と知り合った。先輩は誰かといてもいつも心はひとりって感じで、自分のことは絶対に教えてくれない人だった」

「………」

「でもそんな先輩がカッコよくて、私はすぐ好きになったけど、見向きもされなかったよ。だから私はただの追っかけ。まあ、推《お》しってやつ」

「それなら、なんで詩月は記憶を思い出しちゃダメなの……？」

そう質問すると、安田さんは少しだけ間を空けて重い口を開いた。

「先輩とふたりきりになった日があって、その時にこう言ったの。あの家をめちゃくちゃにしてやりたいって」

……ドクン。詩月からの思念を読み取った時、家族とのやり取りが見えた。彼はその時にも、全部壊してやりたいと思っていた。それは悲しみや苦しみを超え憎しみに近いものだった。

「安田さんは……詩月の家の場所も本当は知ってる？」

「知ってるけど、今はないよ。取り壊されて空き地になってる」

「それでもいいから、場所だけ聞いてもいい？」

「だからダメなんだってば！」

少しずつ明らかになっていく詩月の過去。だけどやっぱり腑《ふ》に落ちない部分もある。安田さんはまだなにかを知っている。でもそのなにかまでは教えてくれない。だから、とてもズルいことが頭に浮かんでしまった。

「そっか、わかった。色々と話してくれてありがとう。詩月には安田さんと話したことは言わないから安心してね」

私はカメレオンみたいに穏やかな色に変えて微笑んだ。

「いっぱい失礼な態度をしてごめんなさい。先輩への気持ちに区切りをつけたはずだったのに、羽柴さんを見たら嫉妬しちゃって……」

「え、わ、私に嫉妬？」

「うん。私はずっと片思いしてたから、先輩が羽柴さんをすごく信頼してることだけはわかる。だからお願い。どうか世那先輩のことを守って」

詩月のことを守る。安田さんから託《たく》された願いが胸に重く響いた。ますます彼の過去を知らなきゃいけないような気がして、私は安田さんに右手を差し出した。

「じゃあ、最後にまたどこかで会えたらいいね、の握手をしよう」

ズルくてもいい。軽蔑されてもいい。深いところで眠っている十四歳の詩月に私は会いたい。会わなければいけない。

彼女は疑うことなく、私の手と自分の手を重ね合わせた。


――「世那先輩、待ってください！」

蒸し暑い熱帯夜。いつも遊んでいるメンバーで花火大会に行ったあと、その場の雰囲気に背中を押してもらって想いを伝えた。

ずっとずっと好きでしたと。推しとしても好きだけど、あわよくば付き合いたいですと告白した。でも今日も先輩に素っ気なくかわされた。

これが三回目の告白で、そのたびに振られているけど私は諦めない。今日こそは絶対に振り向かせるんだ……！って、みんなと解散したのちに、内緒で先輩のことを追いかけた。彼は脚が長いぶん歩くのも速くて、見失いそうになったところでやっと捕まえた。

「もう先輩ってば、離しませんからね！」

ふざけるように、彼の腕に手を絡ませた。いつもだったらすぐ振り払われるのに、今日はされない。

「世那先輩？」

顔を上げると、先輩はある一点を見つめていた。その視線の先には、オレンジ色に燃えている家があった。

「え、か、火事？」

火の勢いは強くなるばかりで、大きな一軒家が音を立てて崩れていく。その熱風がこっちに来て、思わず後退《あとずさ》りをした。次第に近所の人たちも集まってきて、辺りは騒然《そうぜん》としていた。

「は、早く消防車を呼ばないとっ……！」

誰の家かはわからないけれど、大変なことになってることはわかる。震える手でスマホを出したら、「詩月さんの家が燃えている！」と私よりも先に誰かが消防署に連絡をしていた。

詩月……さんの家？

「せ、先輩。ここって先輩の家じゃないですよね……？」

返事は返ってこない。いつもそうだ。いつも先輩は他の人とはなにかが違っていて、たまにすごく遠い目をしている。

〝あの家をめちゃくちゃにしてやりたい〟

少しだけ見えた先輩の本音。不謹慎だけど、私は嬉しかった。先輩に近づけた気がして、心を開いてもらえたんだって思ったから。

でも、心なんて開いてなかった。

先輩の心は、私が思うよりずっとずっと先にあった。

どこかで消防車のサイレンが聞こえる。家は跡形もなくなり、炎は庭に咲いている白い花まで真っ黒にしていた。

先輩は自分の家がなくなっていく光景を、ただただ黙って見ていた。

先輩のことは、好きだから信じてる。

でも取り乱すこともなく、叫ぶわけでもない様子を見て、こう思ってしまった。

先輩は家が燃えていることを知っていたんじゃないかって──。


衝撃的な思念を読んだ日から一週間が過ぎていた。あれからうまく眠ることができずにいて、食欲もない。安田さんから読み取った思念は、まだ深く熱く私の体に染み込んでいる。

詩月の両親はあの火事で死んでしまったのか。なにが原因で火事になったのかはわからない。だけど、私はなんで詩月が記憶喪失になってしまったのかずっと疑問に思ってた。だから彼のことをまたひとつ知って、私の中に芽生えたことがある。

十四歳までの記憶がないのは、詩月が自発的に記憶を消したからではないか。消してしまいたいほどの出来事があって、自分で自分の存在を閉じ込めてしまったんじゃないか。

──『どうか世那先輩のことを守って』

あの言葉の意味が、今ならわかる。火事が意図的な放火でも、そうじゃなくても、詩月が壊れてしまうかもしれないことが隠されている。だから、安田さんは私に言った。もう、記憶探しはしないでほしいと。

「羽柴……!」

昼休みになって廊下を歩いていたら、詩月が走ってきた。この一週間、私たちはあまり話していない。正確には私が彼の視界に入らないようにしている。これから、どうするべきなのか答えが出ない。でも燃え盛《さか》っていく自分の家を見つめていた詩月の瞳は無ではなかった。絶望、あるいは後悔。もう生きていけないような現実が目の前に広がっていた。

「これから放送室に行くけど、羽柴も来る？」

「……行かない」

「なんで、そんなによそよそしくすんの？　俺、羽柴になにかした？」

「別にしてないよ。私、急いでるから」

詩月の目を見ることができなくて、避けるように離れた。

今まで彼のために、記憶探しをしてきた。彼のためになるなら、この力を使おうと思った。でも、それによって詩月の人生を変えてしまうかもしれない。記憶を探るのが怖いんじゃない。詩月の心が壊れてしまうことが怖いんだ。

私はそのまま人気《ひとけ》のない非常階段に向かった。購買部で買ったおにぎりを一口かじってみたけれど、やっぱり喉を通っていかない。もうすぐ時刻は十二時四十五分。今日は水曜日だ。今頃彼は投稿ボックスの中から選んだ相談用紙を片手に、マイクの前に座っているだろう。

『皆さんこんにちは。水曜日のなんでも相談の時間です』

外の非常階段にいるのに、詩月の放送はちゃんと聞こえてきた。彼のことを露《ろ》骨《こつ》に避けてしまって心苦しく思っている。きっと詩月も理由がわからずに、戸惑っているだろう。でも私にはこんな方法しか思いつかない……。

『今日の相談は三年一組のリコピンさんからです。私には大事な友達がいるのですが、ある日から急によそよそしくなって避けられるようになってしまいました。理由を聞いても教えてもらえず、私自身も心当たりがありません。私は今までどおり仲良くしたいのですが、どうしたらいいでしょうか？』

彼が読み上げた相談は、珍しく真剣な内容だった。偶然だと思うけれど、まるで今の私たちを投影《とうえい》したような相談だ。

『大事な人に避けられるのはつらいですよね。嫌われたかもしれない。なにかをしてしまったんじゃないかと思ってしまう気持ちなら俺にも覚えがあります』

「…………」

『でも相手が大事だからこそ、理由もなしに避ける人ではないとリコピンさんもわかってるはず。自分も苦しいのと同じように、相手も苦しんでいるんじゃないかと、俺は思います』
手に力を込めすぎて、いつの間にかおにぎりの形が変わっていた。なんでこんなに苦しいのか。なんで詩月のことでこんなにも悩んでしまうのか、放送の中に答えがあった。
私は自分が思っている以上に、詩月のことが大事だったんだ。
『大事な人を想う気持ちは自分が考えている以上に頑固です。リコピンさんも友達のことが大切なら、理由を話してくれるまで待ってみてはどうでしょうか？』
きっともう少し詩月との関係が浅かったら、離れるのも簡単だった。いつからこんなに彼のことが大切だったんだろう。私は自分の右手を見つめる。
——『自分の記憶探しを通して、知ることは怖くないって羽柴に証明するよ』
詩月は涙が出るほど嬉しかった言葉をくれた。そんな彼を守りたい。誰よりも大事だから、守らなければいけない。

「次、パソコン室だって」
「ラッキー。エアコンある！」

昼休みが終わると次の授業に合わせて、クラスメイトたちが移動を始めていた。この授業が終わったら詩月と話そう。それで彼に伝えなきゃいけないことがある。

ジリリリリリッ……!!

と、その時。突然廊下から大きな音がした。

「こらー！　なにやってんだ！」

慌てて駆けつけた先生が、男子生徒を叱っている。どうやら男子がふざけて火災報知器のボタンを押したようだ。停止ボタンがあるはずなのに、なぜか音は鳴りやまない。

ジリリリリリリッ……!!

すぐさま頭に浮かんだのは、詩月のことだ。彼は火災報知器の音が怖い。あの時は深く気に留めなかったけれど、詩月がこの音に怯えていたのは火事を連想させるからだ。

詩月はどこにいるんだろう？

この音が聞こえていたら、また怖がっているはずだ。

きっと記憶がなくても、彼の心が覚えている。

詩月を捜しにいくために席から立ち上がったら、急に目眩がした。それに合わせて視界がぐるぐると反転している。これはマズイと思った時には、その場に倒れていた。

「わっ、ちょ、羽柴さんが倒れてる！」

「うお、マジだ！　誰か！」

教室に残っていたクラスメイトの声がぼんやり聞こえてきたけれど、意識が朦《もう》朧《ろう》としていて反応することができない。

――『誰がなんと言おうと、俺が羽柴を信じる』

私もだよ、詩月。私もきみを信じているけれど、大切すぎて。大切になりすぎて、どうやってその心に触れていいのかわからないんだ。臆病でごめん。弱虫でごめんね。

目が覚めると、虫食い穴のような天井が見えた。ここは……保健室？

「羽柴、大丈夫か？」

顔を横に向けると、なぜか詩月がいた。たしか前にもこんな状況があった。あの時は過呼吸になって膝枕をしてもらったけれど、彼はベッドの隣にある丸椅子に座っていた。

「養護の先生は軽い貧血だろうって言ってた。今職員室に行ってるから呼んでくる……」

「詩月がまた私をここまで？」

「羽柴の軽さは知ってるから余裕だったわ」

彼がにこりと笑った。ここ数日、一方的に避けていたのに詩月は怒らない。それどころか、今日も私を助けてくれた。

「でも駆けつけるのが遅くて間に合わなかった。ごめん」

彼が私の頭に触れた。少し違和感があると思ったら、側頭部《そくとうぶ》にたんこぶができていた。勝手に貧血を起こして倒れたのは私なのに、なんで詩月のほうが痛そうな顔をするんだろう。

「詩月は……大丈夫だった？」

「うん？」

「火災報知器の音」

「あービビったけど、羽柴のほうが大事すぎてそれどころじゃなかったよ」

無自覚なのか、わざとなのか、彼は平気で優しい言葉を吐く。だからこそ、強く強く守りたいと思う。私はゆっくりとベッドから体を起こした。迷わないうちに、決意が固いうちに伝えなければいけない。

「詩月、私はもう記憶探しは手伝えない」

親から勉強を強《し》いられていたことも、その両親と暮らした家が火事になったことも、詩月は知らなくていいことだ。勝手に決めるなと怒られてしまうかもしれないけれど、これが私の守り方だ。

「……なんで急にそんなこと言うんだよ」

「なんか面倒くさくなっちゃったの。それをどうやって伝えたらいいか迷ってたから詩月のことを避けてたんだ」

「面倒くさいなんて羽柴が思うわけない。嘘つくなよ」

「嘘じゃないよ。最初から飽きたらやめるつもりだったし、記憶探しも暇だったから手伝ってただけだもん」

「嘘だ」

「詩月に私の心は読めないでしょ？」

「力がなくても、羽柴のことならわかるよ」

人を疑うことを知らない目。私はそんな綺麗な瞳をしたままの詩月でいてほしいんだよ。

「記憶なんて探さなくても詩月は楽しくやれるよ。とにかく私はもう手伝わないから」

そう言ってベッドから出ようとすると、詩月に手を掴まれた。私は彼の顔を見ない。見てしまったら、心が揺れてしまう。

「離して」

「羽柴、俺は……」

「詩月といると、疲れるんだよ。だからもう関わらないで」

私は彼の手を振り払った。保健室を出て、ひたすら廊下を突き進む。角を曲がった途端に力が抜けた。詩月に思念を読む力がなくて心底よかった。じゃなかったら、この泣きそうな気持ちに気づかれていたと思うから。

【本当に面倒になったなら、やめていい。でも嘘ならふたりでデートした場所に来てほしい】

詩月からそんなメッセージが届いたのは、週末の土曜日だった。私はそっと、部屋のカーテンを開ける。ふたりでデートした場所と言えば、ひとつしかない。雲行きが怪しくなっている空を見つめたあと、ベッドに横たわった。詩月に関わらないでと伝えたのはあれで二回目だ。一回目の時は心なんて痛まなかった。でも今はすごくすごく、痛い。

【行かないよ】

そう返信を打とうとして、文字を消した。行かないと言っても、詩月はきっと待っている。彼がどうしたら諦めてくれるのかわからないけれど、きっとこのメッセージを無視すれば、もう学校でも声をかけてくることはないと思う。それでいい。そういうやつだったんだって私のことを思ってくれてかまわない。

……ガシャンッ！

すると、窓の外から音がした。慌てて覗き込むと、自転車に乗ったままお母さんが倒れていた。私は急いで階段を駆け下りる。

「ど、どうしたの？　大丈夫？」

玄関を開けると、ちょうどお母さんが起き上がったところだった。

「ああ、莉津大丈夫よ。ちょっとタイヤが溝《みぞ》にハマっちゃって」

お母さんは自転車でパートまで行っている。この時間に帰ってきたってことは、今日の仕事は午前中だけだったようだ。

「心配してくれて、ありがとうね」

私から話しかけることなんて滅多にないからか、お母さんは嬉しそうだった。

お母さんとうまく会話ができない日々は続いているけれど、倒れている姿を見たら勝手に体が動いていた。

「今日、学校が休みでよかったわね。これから雨がひどくなるらしいわよ」

「ひ、ひどくなるってどのくらい……？」

「横殴りの雨が夜まで続くそうよ」

どうして今日に限って雨なんだろう。いや、そういえばあの日も夕立に遭って
びしょ濡れになった。

――『羽柴が風邪ひいたら嫌だからさ』

詩月は自分の洋服を使って、私の髪を拭いてくれた。そういう優しい人だから、絶対に待っている。たとえ雨が降ろうが、槍《やり》が降ろうが、私を信じて疑わない。

「……っ。お母さん、ちょっと自転車借りていい？」

「いいけど、どこに行くの？」

「動物園に行ってくる！」

「え、り、莉津……!?」

私は傘も持たずにお母さんの自転車を走らせた。そこから駅前のバスに飛び乗って、動物園に着く頃には大雨になっていた。傘をさしている人たちを横目に、私は入園券だけを買って中に入った。

「ハア……ハア……ハアっ」

走るたびに、アスファルトに溜まっている雨が跳ねる。彼を捜しながら、心の中でいなければいいと願った。でも、きっと詩月はいる。大事な人を想う気持ちは自分が考えている以上に頑固なことを、私たちは知っているから。

「ハア……ハア、ねえ、なにやってんの！」

彼はキリンがいる檻の前にいた。傘もささずに立っている彼はもちろんずぶ濡れだった。

「なにって、羽柴を待ってたんだよ」

焦っている私とは反対に、詩月はとても落ち着いていた。

「……私、来ないつもりだったよ」

「でも、来たじゃん」

「もう本当に傘もささないで待ってるとかやめてよ……」

「それはお互い様でしょ」

「とにかく屋根があるところに――」

またふれあい広場に行こうとしたら、詩月から強く手を引っ張られた。いつも温かい彼の手が冷たい。どのくらい私を待っていたんだろう。どのくらい私を待つ気でいたの？

「俺、力がなくても羽柴のことならわかるって言ったけど、本当は言葉にしてくれなきゃわかんない」

私はただ、詩月は詩月のままでいてほしかっただけだ。でも私が彼を不安にさせてた。苦しんでほしくないから離れたのに、今の詩月を苦しめているのは私だ。

「……理由を話してくれるまで待ってみるんじゃなかったの？」

「答えって、ひとつじゃなかったみたい」

彼が眉を下げて笑った。ひとつの答えを求めるから、身動きが取れなくなる。答えは何個あってもいい。だから正解もひとつじゃなくていいのかもしれない。

「記憶探しが面倒なんて嘘だよ。私は詩月の心を守りたかったの」

「守るって、なにから？」

「詩月を傷つけるものから全部」

「それに十四歳の俺も含まれてる？」

「……うん。でも私は昔の詩月と今の詩月の心の色は同じであってほしいと思ってる」

「心の色？」

「一緒に見た海みたいにキラキラしてて、すごく綺麗な色」

雨に打たれているせいなのか、変なことを言ってる自覚はある。でも過去と今の詩月が別人のように違っていても、その中に変わっていないものがあってほしいと強く願っている。

「じゃあ、俺も白状する。俺、入学当初から羽柴がなにか見えてることに気づいてた」

「え？」

「いや、正確にはなにかを触るたびに怖がってるような感じだったから、なんかあるんだろうなって思ってた」

雨が強くなる。でも私たちは濡れながら話した。今は寒さなんて感じない。

「だからあの日、たまたま羽柴が俺のパスケースを拾って、放送室に来てくれたからチャンスだって思って閉じ込めた」

「じゃあ、故意だったんだ」

「うん。そう。記憶のことを羽柴に話したのは、特別な力があるからっていう理由だけじゃない。羽柴は色んなことに傷ついてるような気がしたから、人の痛みがわかる人だと思った」

「…………」

「綺麗なものほど、傷が目立ちやすい。だから傷をたくさん持ってる羽柴の心のほうがすごく綺麗だよ」

　どうして彼の言葉はこんなにも私の深い場所に刺さるんだろうか。私だって記憶探しを手伝うと決めたのは好奇心や気まぐれじゃない。私と同じでなにかが欠けている人だったから、詩月のことをもっと知りたいと思ったんだ。

「わかりやすく避けちゃってごめん」

「うん。けっこう傷ついた」

「本当にごめん……」

「もういいよ。羽柴とこうしてまた目を見て話せたから」

　守りたかったはずなのに、きっと私の心を守ってくれてるのは詩月のほうだ。

「ねえ、詩月。過去の自分を全部受け入れられる？　どんな生活をして、どうして記憶が失くなったのか、知ったあとでも絶対に後悔しない？」

　繋がっていた手を強く握り返した。これは最終確認だ。ちゃんとお互いに覚悟をしないと、ここから先に進んではいけない気がした。

「後悔しないよ。絶対に」

　彼の声に、迷いはなかった。その瞳の奥に眠るものを知るために、私も迷いは捨てる。どんなことが待っていたとしても、ふたりで本当の詩月を見つけたい。

週明けの月曜日。今日は雨の動物園が嘘のように快晴だ。いつもどおりの時間に登校して自分の席に着くと、机の上にゴムが切れている制服のリボンが置かれていた。……誰のだろう。ハンカチを通して確認してみたけれど、名前は書かれていない。

「羽柴、おはよ」

「わっ、詩月！」

「そんなに驚く？」

「教室で挨拶されることがほとんどないから、つい……」

土曜日にちゃんと話し合ったおかげで、私たちは教室でも普通に喋れるようになった。だけど、傍《はた》から見れば違和感があるようで、詩月ファンの女子たちがこっちを気にしている。きっと、なんで羽柴さんと仲良くしてるんだろうと思っているに違いない。

「そのリボン、なに？」

「なんか私の机に置いてあったんだよ」

「羽柴のものじゃないなら、担任に渡しておけば」なんて詩月がアドバイスをしてくれたところで、痺れを切らした女子がこっちに来た。

「もう世那ってば、羽柴さんとじゃなくて私と喋ろうよ!!」

飛びついてきた勢いで、詩月が私のほうによろけた。思わず彼の手を掴む。その瞬間、詩月のものではない思念が流れ込んできた。


――「ねえ、思いっきり引っ張るからゴムが切れちゃったよ」

みんなには内緒で付き合っている彼氏に誘われて、自分のクラスではない教室に入った。

「いいじゃん、リボンくらい」

「今日、部活はいいの?」

「遅れますって言ってあるから平気だよ」

「だったらこの前みたいに部室に行こうよ」

「誰かに見られるかもしれない場所でイチャつくのも楽しいだろ」

「もう、変態！」

思念はそこで切れた。左手を見ると、ハンカチ越しに確認したはずのリボンに触っていた。どうやら今の思念はこのゴムが切れているリボンから読み取ったようだ。私の机を椅子代わりにしていたのは、生徒会役員の女子生徒と、バスケ部の先輩だった。

「い、今のってバスケ部の小澤《おざわ》先輩と五組の豊田《とよた》さんだよな？」

「え？」

私が目を見開くと、詩月もぽかんとしていた。たしかに思念の中にいたのはそのふたりだったけど……。

私たちはなにが起きてるのかわからなくて顔を見合わせる。詩月は人目を避けるように「ちょっと」と私のことを教室の外に連れ出した。もちろん女子たちからの不平不満が飛んできたけれど、今はそれどころじゃない。

「あの確認なんだけど、私、今見えた思念のこと口に出してないよね……？」

「うん。言ってない」

「だよね。じゃあ、なんで詩月にもあのふたりのことがわかったの？」

「わかったっていうか、頭の中で見えたっていうか」

「み、み、見えた？　私の思念が？」

「あれを思念と呼ぶなら、おそらく」

そんなことありえるはずがない。だけど私が言わない限り、彼がそのことを知るのは不可能だ。

もしかして詩月も残留思念の能力に目覚めた？　いや、多分違う。私の思念が伝わる可能性があるとしたら……。

「私たち、さっき手が触れ合ってたよね？」

「うん」

色んなアクシデントが重なったとはいえ、あの状況を整理すると左手でリボンに触れて、右手では詩月の手を掴んでいた。つまり私が思念を読んでいる間に、彼が私の手に触れていれば同じものが見えるってこと……？


その日の放課後。私は詩月と一緒に帰っていた。本当に私の思念を共有できるのか試すためだ。とはいえ、手当たり次第に触れればいいという問題でもない。どうせ思念を読むなら、記憶に繋がることのほうがいいと思って詩月の家に向かってるところだ。

「思念って、あんなふうに見えるんだな」

「あんなふうって？」

「VRヘッドセットを使って自分もその場にいるような感じになるっていうか、もしくはプロジェクションマッピングの映像を見てるみたいな？」

「あー、たしかにその例えはわかりやすいね」

思念は没入感に近いから、感覚としては参加型か視聴型の二通りだ。でもそれは私だけの体感であって、他の人に説明してもわかってもらえないものだと思ってた。

……本当に詩月にも思念が見えたなんて、まだちょっと信じられない。

「でも触れただけでいきなりあんなものが見えるなんて、羽柴は大変だなって改めて思ったよ。険しい顔をしてることが多い理由もわかったような気がする」

詩月に思念を見せることができるのは、ある意味すごく便利だ。口で説明できないことも多いし、詩月に関する記憶だって彼自身が見れば思い出すことも増えるだろう。でも私はこの力でずいぶんと苦しんできたから、それを詩月に与えたくないいって気持ちも少なからずあったりする。

詩月の家は相変わらず大きくて、いつの間にか庭の木は紅葉《こうよう》が始まっていた。夏休みから中断しているジグソーパズルもそろそろ進めないと、という話をしていたら……。

「ニャアア～！」

水曜日じゃないのに、玄関にはおはぎがいた。

「え、わあ、おはぎ久しぶり！　なんでいるの？」

頭を撫でると、おはぎは嬉しそうに喉を鳴らしている。動物は撫でられることで毛並みが良くなると聞いたことがあるけれど、色々な飼い主がいるおはぎの毛は、ふわふわでぬいぐるみみたいだ。

「最近は水曜じゃなくても来るんだよ。気づくと家の中にいたりするから、おはぎしか通れない出入口があるのかも」

「詩月が寂しくならないように来てくれてるんじゃない？」

「そうなのかな。でもおはぎは要領がいいから、もっとご飯をくれる家を増やしてそうだけど」

「おはぎの飼い主はいないのかな？」

「さあ、どうだろ。いても自分ち以外の家を転々としなきゃいけない理由がおはぎなりにあるのかもな」

『ただあの頃の先輩は家に帰りたくない理由があったみたいで、知り合いの家を転々としながら生活してた』

……今、少しだけ過去の詩月と重なった。自分の居場所を求めて色々な家に拠《よ》り所《どころ》を求めているおはぎは、もしかしたら一番彼に似てる存在なのかもしれない。

「とりあえず詩月の私物を見せて。ほら、前におばあちゃんが愛用してたものを並べたみたいに、ものだったらなにかしらの思念が残ってるかもしれないし」

「じゃあ、ちょっと部屋を見てくるよ」

「詩月の部屋ってどこ？」

「廊下の突き当たり」

「私も一緒に行ってもいい？」

「いいけど、見てもつまんないよ」

それでも見たいと、珍しくわがままを言った。この家には何回かお邪魔してるけれど、いつも詩月のプライベートな様子が浮かんでこないから、部屋がどんな感じなのか気になった。

「なんにもないけど、どうぞ」

案内された部屋は、窓があるのに少しだけ薄暗かった。そこに置かれていたのは、ベッドと机と折り畳み式のハンガーラックだけ。私の部屋も物が少ないほうだけど、詩月の部屋はそれよりもっと殺風景《さっぷうけい》だった。

「……あんまりここで過ごさないの？」

「逆にこの部屋にいることのほうが多いよ。でも自分の好きなものが思い出せないから、部屋になにを置いたらいいのかわからないんだ」

今の詩月が好きだと思うものを置けばいいのに、やっぱり空白の自分を求めてしまうんだろう。

本当の自分とはなんなのか。本当の自分はどこにいるのか。

このなにもない部屋で詩月はいくつの孤独を乗り越えたのだろうか。

「作りかけのパズルは、ここに置いてあるんだね」

「うん。おはぎにイタズラされないように」

「じゃあ、完成したら詩月の部屋に飾ってよ。カメレオンってね、神話の中では希望のシンボルなんだって」

何気なく調べたら、ネットにそう書いてあった。希望は光。光は幸せ。この部屋にも、詩月にもたくさんの幸せを運んでほしいから。

「羽柴って、やっぱりすごいよな」

「え？」

「一緒にいると、小さなことでもなにか意味があるんじゃないかって思える。動物園で羽柴がこのパズルを見つけたことにも、きっと意味があったんだな」

詩月はそう言って、優しく微笑んだ。そんなふうに意味があることにしていく詩月のほうが私はすごいと思う。もしも、私たちが出逢ったことにも意味があるとしたら、彼が記憶喪失になったことも、私に思念を読み取る力が芽生えたことも、無駄じゃなかったって思える。そう、思いたい。

「結局、思念を試すどころかなにも見えなかったな」

そのあと詩月の私物にたくさん触れてみたけれど、なにひとつ思念は読み取れなかった。ものじゃなくても前みたいにテーブルの傷に思念が残っていることもあると思って、ふたりで家を探索していたら……。

「あれ、これって……」

私は廊下の柱に目を向けた。マジックペンで書かれていたのは、詩月の身長の記録。

一番下は【世那　三歳　九十四センチ】一番上は【世那　十三歳　百六十五センチ】そこには十年間の成長が残されていた。

「ねえ、詩月。これって誰が書いたの？」

「ああ、多分、ばあちゃんだと思う」

もちろん詩月にこれを書いてもらっていた記憶はない。でも廊下の一番太い柱に成長記録を残していたおばあちゃんは心を込めて身長を書き込んでいたはずだ。

きっと、ここに思念がある。まだ触れていないけれど、なんとなくわかる。

「詩月、試してみよう」

私は彼に手を差し出した。詩月が握ったタイミングで、柱の文字に触れてみた。

――「ばあちゃん、身長測ってよ！」

うちに遊びにきてくれるたびに、大きくなっていく孫の世那。いつか身長を抜かれてしまう日が来るかもしれない。可愛い、可愛い、世那。この子の成長を長生きして見守っていきたい。

「ばあちゃん、俺、友達ができたんだ！　この前休み時間にみんなでサッカーして五点も決めたんだよ！」

たまにしか会えない世那は、抱えきれないほどの土産話《みやげばなし》を持ってきてくれる。学校のこと、友達のこと。嬉しそうに教えてくれる世那を見るのが私も嬉しい。

「ばあちゃん、俺さ、塾で成績が一位なんだ！　すごいだろ！」

勉強も頑張るようになった世那。この子の将来が明るいものでありますように。

「ばあちゃん、今日ここに泊まっていい？」

明るかった世那が次第に暗い顔をするようになった。家に帰りたくないと言うこの子を泊めると美恵子に怒られる。どこまで介入するべきか。


「ばあちゃん、俺、ここにいていいの？」

世那を守れるのは、私だけ。私が世那の味方になろう。大丈夫。世那のために長く長く生きるから、ずっと一緒よ。


「なあ、ばあちゃん……」

あら、あなたは誰？

どうして、うちにいるの？

この柱の落書きはなにかしら――？


思念の映像が消えて、私は繋がっている詩月との手を強くした。彼は少しだけ放心状態だったけれど、見えた?なんて聞かなくても、思念を共有したことは握り返してきた手の強さでわかった。

「おばあちゃん、詩月のことを大切に想ってたんだね」

「……うん」

だけど、認知症になって詩月のことを忘れてしまった。きっと忘れたくなかったはずなのに、詩月をひとりにさせたくなかったはずなのに。

「俺、ばあちゃんに忘れられた時、本当にこの世界でひとりぼっちになったような気がしたんだ。もう俺の家族はいないし、ばあちゃんと会っても話すことができないって思ってた」

「…………」

「だから会いにいかなかった。でも俺のことを忘れていても、残された思念の中にばあちゃんの心がある」

「うん」

「ばあちゃんに会いたい。会いにいこうと思う」

彼の揺るぎない決意に、私は深く頷いた。この愛に溢れた十年間の記録と同じように、おばあちゃん自身にも詩月への愛が残っているはず。それを見せる術《すべ》は、この手の中にある。

# 5 溢れる傷痕

週末。私は詩月とおばあちゃんがいる隣町の施設に向かった。数年前に建てられたという施設はとても綺麗で大きな建物だった。私たちは受付でもらった入館証を首から下げて、おばあちゃんがいる五階までエレベーターで上がった。

「大丈夫？　緊張してるよね？」

「うん。三カ月前に会った時、ばあちゃんは俺のことを施設の職員だと勘違いしてたんだ。認知症だから仕方ないってわかってても、やっぱりすげえショックだったよ」

脳の病気だと理解していても、唯一の家族であるおばあちゃんに存在を忘れられていくのは悲しかっただろうし、苦しかったはずだ。でもそんなおばあちゃんに会うことを決めた詩月は強いし、私も隣で支えたいと思う。

おばあちゃんとの面会は一時間程度。足腰が弱く寝たきりだというおばあちゃんの体力に配慮した時間だ。エレベーターの扉が開くと、多目的ホールでは職員の人と入居者のお年寄りが手遊びをしていた。楽しそうな声のほうを見ることなく、詩月の足はおばあちゃんの部屋の前で止まった。

「……私が扉を開けようか？」

「ううん。俺が先に行く」

緊張から覚悟の表情に変わった彼が、スライド式の扉をノックした。

「ばあちゃん」

扉を開けると、その先にはベッドで横になっているおばあちゃんがいた。白髪のおばあちゃんは、思念の中で見た女性と同じだった。

「ばあちゃん、俺だよ」

詩月がもう一度呼びかけると、おばあちゃんの目がゆっくり開いた。おばあちゃんはきょとんとした顔で詩月のことを見ている。もしかして孫の世那だとわかっているんじゃないかって期待をしたけれど……。

「あらあら、もうお昼ご飯の時間ですか？　わざわざ、どうもありがとうございます」

おばあちゃんは彼を職員だと思っているみたいで、丁寧に頭を下げた。

「ばあちゃん、違うよ。世那だよ」

「……せ、な？」

「うん。ばあちゃんの孫」

詩月のために長生きしたいと思っていたおばあちゃん。忘れてほしくない。少しでいいから思い出してほしい。だけど、現実は残酷だった。

「さあ。あなたは見たことがないわ」

ドクンと詩月の悲しい鼓動が聞こえた気がした。彼は立っているのが精いっぱいというような感じで、声を出すことができなくなっていた。そんな詩月に寄り添うように、私もおばあちゃんに近づいた。

「はじめまして。私は詩月の、世那くんの同級生で名前は羽柴莉津と言います。今日は世那くんの付き添いで――」

「美恵子？　美恵子なのね……!?」

「え？」

おばあちゃんは慌てたように寝ていた体を起こした。おばあちゃんはおそらく私のことを詩月のお母さん――つまりおばあちゃんの娘だと勘違いしている。

「あ、あの、違います。私は世那くんの……」

「ああ、美恵子、会いにきてくれて嬉しいわ。ほら、私たちあの子のことで喧嘩したままだったでしょう？　だからずっと話し合いたいと思っていたの……」

おばあちゃんは顔を覆《おお》って泣いていた。似ても似つかないはずの私と詩月のお母さんを重ねてしまうほど、やっぱりおばあちゃんにとってあの喧嘩は大きな出来事だったようだ。

「ちゃんとご飯は食べてるの？　お腹はすいてない？　ちょうどもうすぐお昼ご飯の時間なの。美恵子の好きなおかずがあるかしら？」

「ば、ばあちゃん」

「詩月。私なら大丈夫だよ」

過去に置いてきた後悔は消えない。でも、薄くすることはできるんじゃないかと思っている。おばあちゃんが忘れてしまったこと。本当は忘れたくなかったことを詩月に見せるのが私の役目だ。

「詩月、一緒におばあちゃんの心の中に入ろう」

そう言って左手を伸ばすと、彼は首を縦に振ってくれた。

「ごめんなさい。少し心を覗かせてください」

詩月と繋がっている手を、おばあちゃんの手のひらに重ね合わせた。

……ビリビリッ。いつものように電気が走ったあと、おばあちゃんの思念が一気に流れ込んできた。

――「どうしてうまく弾けないの？　美恵子には集中力が足りないのよ。この曲が弾けるようになるまで練習は終わらないからね！」

「もう、ピアノなんて弾きたくないっ……」

「わがまま言わないの!!」

私は主人と三十代後半に出会い、お見合い結婚をした。年齢的に子供は難しいかもしれないと思っていたけれど、すぐに美恵子を授《さず》かった。

この子を幸せにしたい。この子を立派に育て上げなければ。亭主関白《ていしゅかんぱく》で家のことにはほとんど無関心な主人には頼らず、私は美恵子を厳しく育てた。勉強が嫌だと泣いても、友達と遊びたいと駄々をこねても、この子が大人になった時に困らないように心を鬼にした。

「お母さん、私、音楽の先生になりたいの」

私の望みどおり、美恵子は自慢の娘になってくれた。小さい頃から頑張っていたピアノを職業にして音楽教師になった。そして医者の男性と出会い、結婚。夫にどうして自分を選んでくれたのか尋ねたら『ピアノが弾けるところが素敵だと思ったから』と答えてくれたそうだ。

私の育て方に間違いはなかった。心が痛むこともあったけれど、美恵子のことを厳しく育てて本当によかった……！


「どうしてうまく弾けないの？　世那には集中力が足りないのよ。この曲が弾けるようになるまで練習は終わらないからね！」

「俺もう、ピアノなんて弾きたくないっ……」

「わがまま言わないの!!」

美恵子は私と同じように世那にもピアノを習わせるようになった。鬼のように厳しい教育。世那がいくら泣いても甘やかさない。まるで、自分と幼い日の美恵子を見ているような感覚だった。私の育て方に間違いはなかったはずなのに、いつしか孫の世那は笑わなくなった。

世那は美恵子には内緒でうちに来たり、家に帰りたくないからずっとここにいたいと、助けを求めてくるようになった。テストでいい点数を取らないとお父さんに叩かれる。お母さんも自分を守ってくれない。家では勉強、外でも塾。小学校低学年までは友達がたくさんいて学校の話を嬉しそうに聞かせてくれたのに、もう友達なんてひとりもいないと教えられた時には、このままじゃダメだと思った。

　だから美恵子を家に呼んだ。少ししつけが厳しいのではないか。理想や考えを押しつけすぎていないか。勉強よりも大事なことがあるのではないかと自分のことを棚に上げて言った。案の定、美恵子とは口論になってしまった。

「これ以上うちのことをあれこれ言うなら、お母さんにはもう会わないから！」

「待って、美恵子！　話を聞いて！」

　家を飛び出していく美恵子を必死で追いかけた。どうしてこんなに溝が生まれてしまったのだろう。いつから娘と距離ができてしまったのだろうか。私はただ美恵子にたくさんのことを学ばせてあげたいだけだった。人生が豊かになるように、誰よりも幸せになれる道を作ってあげるのが親の義務だと思っていた。それなのに……。

「お母さん。私、間違ってると思ってないから」

立ち止まった美恵子が、まっすぐに私を見る。美恵子は私の鏡だ。そして美恵子も世那を鏡にしようとしている。

「世那には色々な選択肢を与えてあげたいの。お母さんならその気持ちがわかるでしょう?」

「………」

「多少厳しくても、あの子の将来のためなの。お母さんには関係ないんだから、うちのことは放っておいてよ」

娘が私から遠ざかっていく。育て方に間違いはなかった。でも娘がこんなに狭い考え方になってしまったのは私の責任だ。どうすればいいのだろう。どうやって美恵子と向き合って、どうしたら世那の笑顔を取り戻せるんだろうか。

わからない。わからないまま時間だけが過ぎて——あの日を迎えてしまった。


「ばあちゃん。なんで俺、逮捕されねーの?」

私は世那を引き取った。なんとしてもこの子だけは守らなければいけないと思った。こうなってしまったのは、私のせい。私は最後まで美恵子と話し合えなかった。

「俺が父さんと母さんを殺したのになんで？」

あの日以降、世那はなにも食べず、怯えたように暗い部屋で過ごしている。

「自分が殺した」「自分がやった」と戒《いまし》めるように同じ言葉を繰り返すだけ。

「世那は悪くない。あなたはなにもやってないわ！」

「俺が家に火をつけたんだよ！」

この子の人生をここで終わらせてはいけない。世那が壊れないように、あの火事のことを思い出さないように、写真や思い出のものはすべて処分しなければ。

「大丈夫。世那はなにも心配しなくていいの」

肩を震わせて泣く世那のことを強く抱きしめる。

「苦しいことは全部、忘れなさい。私が世那を守ってあげるから」

これは私の罪。だからどうか神様、この子の記憶を消してください。

すべて私が背負うから、どうかどうか――。


翌日の日曜日。昨日は施設を出たあと、言葉少なに解散した。親から勉強を強要されていたこと。その両親がいた家が火事になったこと。私が言えずにいたことが、おばあちゃんの思念で明らかになった。なんて声をかけたらいいのか、なんて声をかけるのが正解なのかわからないでいる私に、詩月は『大丈夫だよ』と言った。

自分なら大丈夫。心配しなくても大丈夫。思念を見たことに後悔はないから大丈夫。色んな意味が含まれている大丈夫に、私はやっぱり言葉が出てこなかった。

「詩月、なにか美味《おい》しいものを食べにいこう！」

それでも彼をひとりにさせたくなくて、こうして駅前に呼び出した。

「え、美味しいもの？」

「うん。私がなんでもおごる！　遠慮しなくていいよ。こう見えて五百円貯金してたから、食べたいものをなんでも言って！」

平静を装っている詩月だけど、大丈夫なはずがない。

――『俺が家に火をつけたんだよ！』

そんなことを受け止められるはずがないからこそ、私はなるべく普通でいたいし、詩月のことを信じてるから元気づけたい。

「じゃあ、羽柴のおすすめの場所に連れていって。この街のことなら羽柴のほうが詳しいだろ？」

私の気持ちに応えるように、彼がにこりとした。今日は詩月のリクエストをたくさん聞くつもりでいたのに、私のおすすめの場所がいいと言い張る。……美味しいもの。美味しかったお店の場所。詩月にも食べさせたいものなら、頭にひとつだけ浮かんでいた。

「いらっしゃいませ！　お好きな席どうぞー！」

彼を連れていったのは、駅の近くにあるラーメン屋だ。熱気が籠《こも》っている店内はとても狭いけれど、活気がある。テーブル席がいっぱいだったので、私たちはカウンターに並んで腰を下ろした。

「まさかラーメン屋とは思わなかった」

「詩月、前にカップラーメン食べてたし、好きかなと思って」

「うん、好き。なにがおすすめ？」

「私は熟成味噌《みそ》のチャーシュー麺《めん》」

「じゃあ、俺もそれにしよっと」

回転率がいいラーメン屋だけあって、注文して間もなくふたつのラーメンが運ばれてきた。

「……うまっ！」

隣で詩月が美味しそうにラーメンを啜っている。私も同じように口に運ぶと、少し懐かしい味がした。

「ここのラーメン屋、昔、よくお父さんと来たところなんだ」

仕事が忙しいお父さんとはいつも晩ご飯の時間が合わなくて。私も夕飯を済ませても、お父さんが帰ってくる頃には小腹がすいてた。それでお母さんには内緒という約束で、深夜一時までやっているこの店に来て、ひとつの熟成味噌チャーシュー麺をふたりで食べた。

「お父さんはいつも私に味付けたまごをくれたの。だから私もたまごだけは最後に残しておくんだ」

お父さんと会えなくなってからはこの店に来ることはなかったし、近くを通りかかってもあえて見ないようにしてた。でも今日、久しぶりに思い出のラーメンを食べたら、苦しいより嬉しかった。

「じゃあ、今日は俺の味付けたまごをあげる」

「え、詩月に食べてほしくて来たのに私がもらったらダメだって。だったら私の味付けたまごを詩月にあげるから」

「それじゃ意味ないじゃん！」

「はは、たしかに」

思い出はいつも綺麗すぎて箱にしまっておきたくなるけれど、たまには開けることも必要なのかもしれない。

「さて、次のおすすめはどこですか？」

ラーメンを食べ終わって、次こそは詩月の行きたいところにって思っていたのに、またリクエストを聞かれた。

「だからね、今日は詩月の日なんだってば」

「俺は羽柴が行きたい場所がいい」

「でも……」

「いつも俺の記憶探しをしてくれてるから、今日は羽柴の記憶巡りをしようよ」

……私の記憶巡り。まさかこんな展開になるとは思ってなかったけれど、ラーメン屋以外にも思い出の場所はいくつかある。私が次に向かったのは、お母さんとよく行った雑貨屋。いつからか私の誕生日には必ずここでお財布を買うようになって、最初はマジックテープのお財布。次はがま口のお財布。その次は三つ折りのお財布で、今は長財布を使っている。詩月のおばあちゃんが付けていた成長記録みたいに、私が持っているお財布にも成長の証《あかし》がある。

「それでね、家族で散歩したあとにはパンをテイクアウトして公園で食べるのが恒例だったんだ。でも、一回だけカラスに持っていかれちゃって、それからは晴れでも傘をさしながら食べてた」

「あー、カラスって狙ってくるよな」

「あとね、小学校の国語の教科書に『えいっ!』ってやると信号が魔法みたいに青になる話が載ってたの。それを真似して、昔はえいえいってやってた」

「へえ、可愛いな」

思い出話をするたびに、詩月は嬉しそうに聞いてくれた。今日は詩月を元気づけに来たのに、なんだか私のほうが元気になってる。

「ねえ、最後にあそこ行っていい?」

指さしたのは、街が見渡せる展望タワーだった。エレベーターでおよそ五十メートルの最上階まで上がり、私たちは全面ガラス張りになっている窓から街を眺めた。

「すげえ……!!」

詩月が無邪気に喜んでいる。ここも記憶巡りのひとつで、家族で来たことがある場所だ。たしか大型連休の時には写真を撮ってくれるブースが開かれていて、三人で撮ってもらった覚えがある。その写真が今どこにあるのかはわからないし、きっと見つかっても今はまだ見返せない。

「ばあちゃんちに引っ越してきて二年が経つけど、ゆっくり街を探索することがなかったから、今日は羽柴のおかげで楽しかったよ」

「うん、私も」

なんてことない時間が実は一番難しくて、お互いに心が落ち着かないことがあっても、穏やかな日常を送りたいと願う。今日はそんな日だった。

「前にさ、海が眺められる教室で授業を受けてる夢を見ることがあるって言っただろ。その他にも繰り返し見る夢があって、オレンジ色の光の中でみんなが俺のことを人殺しだって罵倒するんだよ」

遠い瞳をしながら、詩月がぽつりと呟いた。

「後味が悪い夢なのに、なんか妙にリアルで。あれはなんなんだろうって思ってたけど、ばあちゃんの思念を見て理由がわかった」

食べ物をゆっくり咀嚼《そしゃく》するみたいに、あの思念もひとつひとつ整理しなければ、とてもじゃないけれど呑み込むことはできない。

「私、詩月のことを信じてるからね」

それが伝わるように、彼の手を握った。

どんな過去を背負っていても、私は彼の近くにいたい。悲しい時にひとりで悲しんでほしくないし、苦しい時もひとりで苦しんでほしくない。

「ありがとう、羽柴」

今日の記憶巡りのように、いつか彼の思い出の場所にも一緒に行ける日が来るようにと祈った。

「ねえ、世那。羽柴さんと付き合ってるなんて嘘だよね？」

それから数日が経って、教室では女子たちが詩月の机に集まっていた。実は日曜日の記憶巡りを同級生に見られていたらしく、彼はことあるごとに質問攻めに遭《あ》っていた。

「前も一緒に帰ったりしてたし、なんで羽柴さんなの？」

「そーだよ！　世那に羽柴さんは合わないって！」

「合う、合わないは俺が決めるよ」

いつもみたいにうまくやり過ごせばいいのに、なぜか詩月は火に油を注いでいる。彼のファンが納得するはずもなく、女子たちは殺伐《さつばつ》とした視線をこっちに向けてきた。私は目を合わせないように、教科書を見たり、スマホをいじっているふりをした。

「なにあれ。普通はもう少しリアクションするよね」

少し前までなるべく平穏に過ごしたいと無理をしていたけれど、今は逆に浮いているほうが楽になった。人と関わりたくないんじゃなくて、自分は自分でいいんだと思えるようになったことが大きいかもしれない。

「びっくりするくらい知らん顔してたな」

# 5 溢れる傷痕

迎えた昼休み。私は詩月に連絡をもらって放送室にいた。

「私がなにか言ったって、煽《あお》り立てるだけでしょ」

「俺のせいでごめんな」

「別に気にしてないからいいよ」

「本当に付き合ってることにしよっか」

「ゲホゲホっ……！」

不意を突かれて、思わず飲んでいたお茶でむせてしまった。

「か、からかわないでよ」

「そのポーカーフェイスを崩そうと思って」

「女子に刺されればいい」

「はは、こえー」

女子からの好意を受け流している彼は、なんとなく人を好きになることを避けているんじゃないかって思う。あの殺風景な部屋に自分の好きなものを置けるようになったら、詩月は誰かを好きになるんだろうか。

「……なんかわかりやすく相談用紙が減ったね」

いつも溢れんばかりに入っている投稿ボックスが寂しいことになっていた。

「あーたしかに。今日は十枚もないかも」

詩月がテーブルに相談用紙を出すと、正確には八枚しか入ってなかった。今まで寄せられていた相談のほとんどが詩月目当てのものだったから、私との噂が影響してるのは明らかだ。

「少なければそのぶん選びやすくなるし、こうなっても相談してくれるってことは真剣な悩みってことじゃん」

「……これからも水曜日の放送は続けるよね？」

「うーん。さすがに相談が一件も来なくなったらやめるかもしれないけど」

放送時間まであと五分。彼は八枚の相談用紙から三枚を選んだ。いつもだったら詩月の放送を楽しみにしてる生徒が時計を気にし始める頃だ。でも今日はどうだろう。彼のファンではなくなった人たちは、放送をまともに聞かない可能性もある。そういうものだと割りきれないほど詩月はこの十五分間と向き合ってきたから、せめて放送だけには耳を傾けてほしいと思う。

「たとえ相談が一件も来なくなっても必要とされてないなんて思わないでね」

彼は前に人の役に立つと自分の存在を確かめられると言っていた。だから相談用紙が届かなくなったとしても、後ろ向きな気持ちにはなってほしくなかった。

「羽柴って本当にいいやつだよな」

「今、気づいたの？」

「ううん。ずっと優しくていいやつだと思ってたよ」

詩月はそう言って、マイクと向き合った。

『皆さんこんにちは。水曜日のなんでも相談の時間です』

自分の悩みのほうが深刻なのに、人の相談に応え続けている詩月は、優しいを通り越してお人よしだ。でもそんな彼だから、目を離したくないと思ってしまう。

【あなたの悩みをここに書いてください】

詩月の声を聞きながら、テーブルの上にあった相談用紙を手に取った。近くに転がっていたボールペンを握って、走り書きをした。

【どうしたら強くなれますか？】

無記名で書いた相談をこっそり投稿ボックスの中に入れる。

今まで思念の力を誰かのせいにしてきたけれど、もしかしたら私のために芽生えたものなんじゃないかと考える時がある。

目の前のことから逃げてきた私に、思念は不条理な現実を見せる。目を背けないこと。逃げないこと。向き合う勇気がそこには隠されていて、この力は私にそれを気づかせるものだったのではないかと、詩月を見ていると思うんだ。


学校から帰宅すると、お母さんはまだ仕事から帰ってきていなかった。詩月の過去に触れるたびに、自分もこのままじゃダメだと強く思う。私も家族と向き合わなければいけない。二年前は話し合いに参加させてもらえずに、強制的に弾かれたけれど今は違う。今度こそ自分の意見を伝えて、未来の話を一緒に——。

「え？」

リビングのダイニングテーブルに置かれている紙が目に入った。バクバクと心臓が震えている。それは私の力が生まれるきっかけであり、二年前にも見た離婚届だった。

「な、なんで……」

紙には両親の名前が記入されていて、あとは判《はん》を押すだけの状態になっている。

ドクン、ドクン。まるであの日に戻ってしまったみたいに体の力が入らない。またお母さんたちは私になにも言わないでこれからのことを決めてしまったの？　私も家族なのに、ちゃんと私の話を聞いてほしかったのに……。

「あら、莉津、帰ってたのね。仕事帰りにスーパーに寄ったら莉津が好きなぶどうが安くなってたの」

その時、リビングのドアが開いて、お母さんが帰ってきた。お母さんはなんにもないような顔をして、冷蔵庫にぶどうを入れている。

「……ねえ、これなに？」

お母さんに離婚届を見せると、わかりやすく目が泳いだ。

「あ、そ、それは違うのよ」

「なにが違うの？　前は書いてなかったのにふたりの名前が書いてあるじゃん」

冷静でいたいのに、冷静ではいられない。いずれふたりがどうしたいのか聞かなきゃいけないと思っていた。でも、また私がいないところで話し合って決めてしまおうとするなんて、あんまりだ。

「こんなの二年前と同じじゃん。なんで私のことを無視するの？　いつまでも子供扱いしないでよ」

「聞いて莉津。いつかちゃんと話そうと思ってたの。今度は間違わないように慎重に話し合って、時期が来たら莉津にも伝えようって……」

お母さんはやっぱり嘘つきだ。間違わないようにって、自分が浮気をしてたくせに。平穏で温かくて、幸せだった家族の形を壊したのはお母さんだ。

「だから莉津。とりあえず私の話を聞いて――」

「……っ、私に触らないで‼」

嫌悪感をむき出しにして、お母さんの手を払いのけた。向き合おうとしていたのは私だけだったんだと思うと寂しくなって、そのまま家を飛び出した。スニーカーがうまく履けてない。紐《ひも》もほどけている。だけど、どこかに行きたくて。早くお母さんから離れたくて、必死に走って走って走り続けた。

「……ハア、ハア……」

私は気づくと、詩月の家の前にいた。足が痛いと思ったら靴擦《くつず》れでかかとが赤くなっている。

「あーもう……」

色んな感情がぐちゃぐちゃで、その場にしゃがみ込んでいると、彼の家の門が開いた。

「……わっ、は、羽柴!?」

私を見て詩月が目を丸くさせている。片手にお財布を持っているから、コンビニでも行こうとしていたのかもしれない。

「ど、どうした?」

その質問に首を左右に振った。色々と説明しなきゃいけないのに、胸の痛みが消えなくて声が出せない。

「とりあえず中に入ろう」

詩月に支えてもらって、私は家に上がった。自分の図々《ずうずう》しさに呆れながらも、誰かに頼りたいと思った時に浮かんだ顔は詩月だった。

「足、見せて」

「え?」

「痛いんだろ?」

いつもの和室に案内されると、彼は私の右足のかかとに絆創膏《ばんそうこう》を貼ってくれた。

「……ありがとう」

「なにかあった？」

「…………」

「俺に思念を読む力はないから、言葉にしてくれなきゃわかんないって前に言っただろ？」

「……お母さんたち、離婚するかもしれない」

絞《しぼ》り出すように言った声は震えていた。

「二年間別居してるし、そうなるのは当たり前なのに、私はまだどこかで間に合うと思ってたんだ」

でも遅かった。私がうじうじと両親に背を向けている間に、ふたりはとっくに前へと進んでいたんだ。

「許せない？」

「許せないんじゃなくて、なんで相談してくれないのって悔しくてムカつく」

大人は勝手だ、いつだって。話してもわからないだろうと決めつけて、結果だけを後から知らせる。ふたりの心を探るんじゃなくて、私はただお母さんとお父さんの口からすべてのことを話してほしかっただけ。それだけのことなのに、どうしてこんなに難しいの？

「人間はどうでもいいことほどよく口が回るんだって、俺は記憶を失くしてから知った。だから俺は記憶のことを誰にも言えなかったし、言うこともできないんだろうなって思ってたけど、羽柴に会えた」

詩月は優しく微笑んだあと、私の頭を撫でてくれた。

「タイミングって大事だよ。俺もあのタイミングだったから羽柴に言えたし、きっと羽柴だって記憶探しを受け入れてくれたんだと思う」

たしかにそうかもしれない。早くても遅くてもきっとなにかがダメだった。

「羽柴の親も多分そうなんじゃないかな。じゃなかったら、とっくに離婚してるだろうし、どうでもいいことじゃないからこそ時間がかかる。その気持ちは羽柴が一番よくわかるだろ？」

わかるよ、痛いくらいに。でも詩月のほうがもっともっと、簡単にはいかない現実を知っている。だからこそ彼の言葉は私の心に響くんだと思う。

「ありがとう。落ち着いてきた」

「うん。よかった」

「詩月も大変なのにごめんね」

「ありがとうとごめん。いつの間にか素直に言えるようになったな」

「あ、たしかに」

お互いに見つめ合って、同じタイミングで吹き出した。私は詩月を通して言葉を学んで、欠けていた感情を取り戻してきた。私も彼の欠けているものを埋められるような存在でありたい。

「……あれ、なんか足りなくない？」

そのあと私たちはずっと中断していたパズルを進めた。夏休みから少しずつやっていたパズルがようやく完成しそうなのに、最後のピースがないことに気づいた。それはカメレオンの真ん中の部分で、位置的には心臓がある場所だ。

「本当だ。ひとつ足りないな」

「え、なんで？　どこ？」

「下には落ちてないしな」

「うん。箱にも入ってない。詩月の部屋かな？」

「今日掃除した時にはなかったけど」

「じゃあ、もしかしておはぎ⁉」

「いやあ、さすがに食べ物じゃないし、咥《くわ》えて持っていくことはないと思うよ」

「だ、だよね。あ！　掃除機で吸い取った可能性は？」

「俺、コロコロしか使わない」

だとしたら、足りないピースはどこに行ったんだろう。最初から入ってないことはないだろうし、いくら探しても最後の一ピースだけが見つからなかった。

「……せっかく今日で完成だったのに」

「あとで探しておくよ。それより、俺も羽柴に大事な話があるんだ」

詩月が改まった言い方をするから、崩していた足を直して正座になった。

「火事の真相を知るために、またあの街に行こうと思う」

詩月はそれを決意するまでに、あれからずっと心の整理をしていたんだろう。

「今さら知っても真実は変えられない。でも俺は十四歳の自分を過去に置いてきたままにしたくないんだ」

詩月はとても強い目をしていた。

今でも時々思う。本当に記憶探しを手伝ってよかったのか。やっぱり、知らないほうがよかったんじゃないかと、考えてしまうことがある。だけど、悲しくてもつらくても彼は逃げることを選ばない。

――『俺は羽柴の家族のことを解決してあげられないけど、その代わりに自分の記憶探しを通して、知ることは怖くないって羽柴に証明するよ』

私と彼の関係が記憶探しで始まったのなら、必ずこの先にゴールもある。

「私も一緒に行くよ」

ちゃんと隣で見届けるために。

# 6 真実の行方

気が遠くなるほど晴れ渡っている十月上旬。私たちは再び詩月が住んでいた街に向かった。彼の家を見つけるために頼ったのは駅前にある交番だ。そこで二年前の火事のことを聞いてみようと言ったのは詩月だった。彼は名乗らずに警察官に尋ねると、予想に反して自宅跡地はあっさり判明した。

「……大丈夫?」

無事にわかったのはいいけれど、警察の人は家だけじゃなくて、火事の悲惨《ひさん》さまで教えてくれたから、聞いている詩月はつらかったと思う。

「うん、平気だよ」

平気なはずがないのに、彼は気丈に振る舞っていた。教えてもらった場所までの道を詩月が迷いなく進む。彼が通っていた南中を通り過ぎると坂道があった。それは安田さんの思念を読み取った時に見えた、詩月の家まで続く坂道で間違いない。そこをふたりして無言で上り、開《ひら》けた住宅街にたどり着いた。

「……ここだ」

閑静《かんせい》な住宅が並ぶ一角に、ぽつんとなにもない空間を見つけた。なにか感じるものがあるのか、詩月は空き地と書かれた看板に近づく。

もう火事の痕跡は残っていないけれど、彼はあの日この場所で自分の家が燃えていく様《さま》を見ていた。

詩月はなにかに導かれるように、空き地の中へと足を踏み入れた。どこが庭で、どこに家が建っていたのか今ではまったくわからない。だけど、私は感じる。ここに残っている誰かの思念。立っているだけで、言葉にならない強い想いが伝わってくる。二年前になにがあったのか。それを私たちは知るためにここに来た。

私はそっと腰を下ろして、地面に触れた。

「詩月。私の手を……」

思念を伝えるために差し出した自分の手を止めた。家があったはずの場所で立ち尽くしている詩月は泣いていた。

記憶がなくても心は忘れない。きっと当時の苦しさや悲しみを体が覚えているんだろう。後悔に苛《さいな》まれている顔は今の彼ではなく、十四歳の詩月世那だった。思念の中で何度も見た私の知らない彼。やっとやっと会えた気がして、今ならきみの本当の心に触れることができると思った。

「一緒に探そう。一緒に見よう。十四歳の詩月に会いにいこう」

その体を抱きしめると、彼の中にあった思念が溢れてきて私たちの精神はひとつになった。


俺の父親は医者。母親は高校の音楽教師。自宅にはシアタールームがあって、地下にはワインセラーが完備されている。大きな窓と高い天井。大理石のキッチンに、ガーデニングが美しい庭。そんな裕福な家庭で俺は育った。

「世那。おやつの時間よ」

休日になると決まって母さんはドーナツを作る。粉砂糖をたっぷりかけた熱々のドーナツにかぶりつく瞬間が俺にとっては至福の時間でもあった。

「お父さんにもドーナツとコーヒーを届けてくれる？」

「うん！」

俺はトレイを持って書斎《しょさい》のドアをノックした。

「世那、どうした？」

「これ母さんから」

「わざわざ持ってきてくれてありがとう」

「父さん、今はなんの本を読んでたの？」

「洋書だよ」

「それって外国の本？」

「読んでみるか？」

「え、いいの？」

父さんしか入ってはいけない書斎には棚いっぱいに難しそうな本が並んでいる。いつも忙しい父さんはたまに読み聞かせをするみたいに、俺のことを膝に乗せて本を見せてくれる。そして長居しすぎると母さんが様子を見にきて、三人で一冊の本を読む。

優しくて、温かくて、幸せなひととき。そんな時間は成長とともに形を変えて、小学生になる頃には俺の部屋ができて、たくさんの本を買ってもらえるようになった。習い事もたくさんするようになり、将来に役立つとされるものはなんでも学んだ。

「大人になったら、父さんみたいな医者になりたい！」

「そうか。世那だったら絶対になれるぞ」

「あら、お医者さんも素敵だけど、世那はピアニストになるってこの前は言ってなかった？」

「うーん。じゃあ、ピアノが弾ける医者になる！」

　夢いっぱいの将来を宣言すると、父さんと母さんは目じりを下げて嬉しそうな顔をした。ふたりに褒《ほ》められたい。もっと喜んでほしい。俺は夢を叶えるために勉強とピアノを頑張った。そのおかげで成績はいつも一番。『世那は自慢の息子だよ』とふたりに言ってもらえることが本当に嬉しかった。

「詩月って、ひいきされててムカつくよな」

　父さんと母さんの期待に応えたかっただけなのに、次第に同級生たちから疎まれるようになった。一緒にサッカーをしてくれていた友達も気づけば離れていって、勉強を頑張れば頑張るほど俺は周りから嫌われていった。

「絶対にうちらのことを見下してるよね」

「あんなやつは無視して、俺たちだけで遊ぼうぜ！」

　いつの間にか俺は学校でひとりになっていた。休み時間も教室移動も、グループを作る時でさえ俺を入れてくれる人はいない。なのに先生からはやたらと好かれていて、ことあるごとに『詩月くんを見習うように』とお手本にされた。大げさに称《たた》えられるたびに、周囲は冷めた視線を送ってくる。

だから俺はひとりになってるんじゃなくて、自らひとりを好んでいるという空気を出した。友達がいないのは勉強が忙しいだけで、弾かれてるわけじゃない。俺には夢がある。応援してくれる父さんや母さんもいる。寂しさや悔しさは勉強で埋めればいいんだと、自分自身に言い聞かせる日々だった。

「……なんだ、この点数は！」

だけど、そんな気持ちは長く続かなかった。小学四年生になる頃にはつねに一位だった塾の成績が落ちるようになっていた。

「初歩的なミスばかりじゃないか。どうしてできなかったんだ？」

「……途中で体調が悪くなって」

勉強を頑張るほど、なぜか孤独感に襲われる。友達が欲しい。友達と遊びたい。

「中学受験も控えてるんだから、体調管理もしっかりやりなさい。いいか、世那。

努力しない人間は上には行けない。周りを蹴《け》落《お》としてでも一位を取るという精神力を身につけるんだ、いいな？」

「……うん」

勝手に決められてしまった難関私立中学の受験。自分には勉強しかない。でも周りを蹴落としてまで一位になりたいとは思わない。そんなこと父さんには言えるはずがなかった。

「世那。今日はピアノをやりましょう」

勉強は外だけじゃない。家では母さんによるピアノレッスンが待っていた。

「今日の演奏はこれよ」

開かれた楽譜のタイトルは『エーデルワイス』。母さんが庭で大切に育てている花と同じ名前の曲だ。

レッスン中の母さんはまるで先生のような顔をする。俺も生徒として、母さんが求める曲を完璧に弾きこなした。広い家に響くピアノの音。俺の演奏をＢＧＭにして、父さんはリビングと繋がるサンルーフで英字新聞を読んでいる。穏やかで優雅な時間のはずなのに、俺は機械のように指を動かすだけ。風に吹かれて揺れるだけのエーデルワイスが羨ましい。きっとあの花のほうがよっぽど自由に生きている。

裕福な家庭、恵まれた環境。欲しいものはなんでも買ってもらえると思っていたけれど違う。俺が持っているものは、ふたりから買い与えられたものばかりだ。読むことができない洋書や難しい単語ばかりが書かれている医療本。いつか弾いてほしいという要望とともに増えていく楽譜も、俺の欲しいものじゃない。

本当は同級生たちみたいに漫画が読みたい。クラシックを聴くんじゃなくて流行っているＪポップが聴きたい。机に張りついてノートと向き合うんじゃなくて、みんなと同じゲームを片手に向き合って遊びたい。ただそれだけだった。それだけの願いだったのに、俺はなにひとつ許してもらえなかった。


そんな毎日が続いて、俺はなんとか私立中学に受かった。学校でも塾でもトップの成績をキープするように努力してきたけれど、それだけではどうにもできないほど中学の勉強は難しかった。

周りは自分と同じように勉強ばかりをしてきた生徒が多く、蹴落とすどころか、俺はライバルにもならないほど落ちこぼれていった。それを両親にはバレないようにしていたけれど、いよいよ精神的に限界を迎えてしまい、俺は意を決して父さんに言った。

勉強についていけないから、中学校を変えてほしいと。

「……ふざけるなっ!!」

父さんは真っ赤な顔をして、机に置いてあった本を床に叩きつけた。

「なんでお前だけ勉強についていけないんだ！　俺の子供ならもっと賢いはずだろ！」

「これからも勉強は頑張る。でも、俺は普通の中学生になりたいんだよ」

「そこまで言うなら中学校を変えてやってもいい。でも成績を落とすことは許さない」

「それは……努力する」

「俺はお前のために怒ってるんだからな。今から色々なことを学んで知識をつければ俺みたいな人生が送れる。お前もそうなりたいって言ってたじゃないか」

たしかに言ってた。父さんは俺の目標でもあった。父さんは立派だと思うし、尊敬もしてる。でも……。

「小さい頃はそうだったけど、今は違う」

「違うってなにがだ」

「俺は父さんみたいになりたくない。俺は俺の力で……」

「いい加減にしろ！」

父さんに右頬を思いっきり殴られた。今までも力で押さえつけようとしてくることはあったけれど、手を出されたのははじめてだ。殴られたショックに浸る暇もなく、倒れた勢いのまま本棚の角にこめかみをぶつけた。頬を伝って流れてきた血を見て、どこかを深く切ったんだとわかった。

痛くて痛くてたまらないのに、母さんは遠い場所から見てるだけ。

いつもそうだ。なんでも父さんの言いなりで、それが正しいと思い込んでいる。

俺は奥歯をギリッと噛んだ。今までふたりに褒められたくて頑張ってきたけれど、今は両親の喜ぶ顔は見たくない。

俺はふたりのために、生きてるんじゃない。俺はふたりの理想を叶えるために生まれてきたわけじゃない。

なにもかも、壊したい。

全部、全部、壊れてしまえばいいんだ。


私立中学から地元の公立中学に移ったあとも、俺は両親の期待に応え続けているふりをした。

「世那。勉強、頑張ってる?」

母さんが夜食を運んでくるたびに、父さんが買ってくる参考書や問題集を開いて、勉強が捗《はかど》っているように装った。

「うん、頑張ってるよ」

「世那は賢いから、将来は絶対にピアノが弾けるお医者さんになれるわよ」

母さんが甘いドーナツを置いて部屋から出ていく。あんなに好きだった手作りドーナツなのに、今は匂いを嗅《か》いだだけで吐きそうになった。俺は変わっていく。でも両親は変わらない。そんなストレスを発散するためにたびたび塾を休んで夜の街を徘徊するようになった。仲間を作り、同じように家に帰りたくない人たちと集まって孤独を埋めた。

「せ、世那、その髪の毛どうしたの……？」

勉強会だと嘘をついて仲間の家に転がり始めた頃、電車を乗り継いでばあちゃんの家に行くこともあった。

「自分で染めた」

金髪になった俺を見て、ばあちゃんが目を丸くさせている。家が息苦しいことも、勉強がしたくないことも、ばあちゃんだけには相談できた。でも父さんや母さんは、俺がひとりでばあちゃんちに行くことをあまりよく思っていない。きっと自分たちの知らないところで甘やかしてほしくないという気持ちがあるのかもしれない。

「そんな髪の毛じゃ、学校の先生に怒られるでしょう？」

「別に怒られないよ」

嘘。塾同様に最近は学校もサボっている。夜遊びをするようになってから、周りから一目置かれるようになった。

自分には勉強しかないと思っていたけれど、みんなが関心を向けてくれる。それがたとえ褒められたものじゃなかったとしても、勉強漬けの毎日に比べたらよっぽど生きている実感があった。

「ばあちゃん、今日ここに泊まっていい？」

「うちはかまわないけど、美恵子に聞いてみないと……」

「んー、ならいいや」

母さんが父さんの言いなりみたいに、ばあちゃんは母さんに気を遣っている。ばあちゃんだけには心を許せるけれど、頼ることはできない。

「そろそろ帰るから、最後にこれやってよ」

俺が背中をつけた柱には、三歳からの成長記録が刻まれている。ばあちゃんの発案で始まった記録も今年で十年目。最初は九十四センチだった身長も今では百六十五センチになっていた。成長するたびに心も大きくなっていくと思っていたけれど、俺の場合は違う。だからこそ将来の可能性を広げるより、目の前にある世界を広げたい。

「世那、またいつでも来てね」

「うん、ありがとう」

ばあちゃんの家を後にして、俺はまた電車に乗り込む。このままどこかに行けたらと本気で思う。親の理想という檻《おり》に閉じ込められるだけの生活は、もううんざりだった。

「お前はなにをしてるんだっ……！」

その日、俺は金髪のまま家に帰った。正確には駅にいたら、父さんに見つかって連れ戻された。ついに学校を休んでいることがバレてしまったのだ。

「その髪はなんだ！　塾からも連絡があってもう二回も無断で休んでるみたいだな。その時間はなにをしていたか言いなさい」

「……友達と遊んでた」

「友達？　学校のか？」

「違う」

「友達なんて必要ないって言っただろ？　簡単にたぶらかされて恥ずかしくないのか？」

「たぶらかされてない。俺は自分で……」

「友達なんかと遊ぶ時間があるなら、一冊でも多く本を読め！」

今まで反抗したい気持ちはあったけれど、親の前ではいい子でいようとしてた。

だけど今の父さんの言葉で、我慢の糸が切れてしまった。父さんにとって、友達は必要ないものかもしれない。勉強をしないで遊んでいるのは、恥ずかしいことかもしれない。

それでも俺は小学生時代、みんなの輪に入りたかった。校庭ではしゃいでいる同級生の声を聞きながら、ひとり教室で読みたくもない本をめくって涙したことを父さんは知らない。

父さんにも理想があるように、俺にも理想があるし、大切にしたいことがある。

「……うる、さい」

「なんだ？」

「いちいち、うるせーんだよ！　俺はお前の所有物じゃないし、いつまでも言いなりになると思うなよ」

あの孤独な日々を積み重ねた先にある幸福なんていらない。俺には俺の人生があるんだ。

「この親不幸者！」

父さんはまた俺にこぶしを振り上げた。殴られそうになったけれど、俺は父さんの手を強く掴んだ。揉《も》み合いになりかけたところで、母さんが止めに入った。

母さんが守ったのは俺じゃなくて、父さんのほうだった。

「世那！　お父さんに今すぐ謝りなさい」

謝るってなにを？

父さんに反抗したことを？

それとも理想の息子になれなかったことを？

きっとなにを言ってもふたりにはわかってもらえない。

俺はそのまま家を飛び出した。

その日を境にもっと夜の街に入り浸るようになった。知り合いの家を転々としながら過ごす毎日の中で、妙なやつに懐かれた。

「世那先輩、今日も私と遊んでください〜！」

同じ南中の生徒であり、後輩の安田梓だ。彼女も家に帰りたくない事情があるらしく、夜遊び仲間と集まる時には必ずいた。

「先輩は今日誰の家に泊まるんですか？」

「さあ、適当に」

「もしも泊まる場所が決まらなかったら、私と夜通し遊んでくださいね？」

「うるさい」

「口が悪い先輩も好きですよ、私」

安田は隠すことなく好意をぶつけてくる。他の女子もそう。だけど、恋愛をする気になれない。俺には守りたい境界線があって、どんなに親しくなってもその領域に足を入れさせたくないと思っている。親のことや私立中学に通っていたことも、俺自身のことも探ってほしくない。新しい世界を見つけて、そこで生きたいと願ったのに、どうにもこうにも心が埋まらない。まるで欠けてしまったパズルのように。

自分はなんなのか。なにをしたいのか。親の敷いたレールの上を歩いてきた俺にとって、今は道しるべがなにもない。だからそれを隠すために、俺は遊び続けた。

仲間はバイクで暴走したり、人から金を巻き上げたりしてたけれど、俺は関わらなかった。素行の悪い友達と付き合っても悪いことはしない。それが自分なりのルールだったからだ。仲間と集まれば周りの人が引いていく。まるでモーゼの十戒《じっかい》みたいに道が割れるのは気持ちよかったけれど、やっぱり心は満たされなかった。

「世那、どうしてそんなふうになっちゃったの？　お願いだから家に帰ってきて。私は心配で心配でっ……」

着替えを取りに久しぶりに家に帰った日のこと。母さんは俺を見るなり声を上げて泣いた。一度でも父さんから守ってくれたなら、きっとこの涙に心が揺れただろう。

「心配なのは世間体《せけんてい》だろ？」

俺のことを優先してるように見せて、母さんも父さんも大切なのは自分だけ。この家に帰れば、また勉強漬けの毎日が待っている。死んだように生きる毎日に戻ることが怖かった。着替えを持ってすぐ出ていこうとしたのに、母さんが泣きついて離れない。強く突き放すこともできずに困っていると、リビングの扉が開いた。帰ってきたのは父さんだった。また揉み合いになることも覚悟したけれど、父さんは怒りを通り越して、呆れているような目をしていた。

「お前、もう学校にも塾にも行かなくていいから、卒業するまで家にいなさい」

「……は？」

「高校はここに行け」

差し出してきたのは、私立高校のパンフレットだ。大学附属の学校は偏差値七十以上のエリート校で、父さんが卒業した高校でもあった。

「この学校に進学して大学では医学部に入りなさい。お前には高校受験が終わるまで家庭教師をつけてやるから」

「つけてやる？　そんなの頼んでねーよ」

「お前の意思は関係ない。今までのことは忘れるから、もう家から一歩も外に出るな」

「……俺を監禁《かんきん》する気かよ」

「監禁じゃなくて更生《こうせい》だ。心を入れ替えて取り組めば、ちゃんと将来立派な人間になれる」

いい大学に行けば、いい人間になれる。人より優れていればお金を稼《かせ》げて幸せになれるという両親の考えに、また吐きそうになった。

結局俺はまた逃げるように家を出た。仲間たちが集まっている夜の公園に着くと、周りはいつものようにバカ騒ぎをしていた。

「世那先輩、どこ行ってたんですか～？」

ひとりでベンチに座っていたら、安田が近づいてきた。

「どこでもいいだろ」

「先輩って秘密主義ですよね。まあ、私もどっちかって言えば詮索《せんさく》されたくないタイプなんで気持ちはわかりますよ」

そう言いながら安田はおもむろにTシャツの襟元を下げた。その胸元には痛々しい青あざがあり、他にも見えないところにたくさんの傷があるらしい。

「私、お母さんの再婚相手に殴られてるんです。お母さんは知っているのに、それを見てみないふりをしてる。最低だと思いません？」

彼女の口調は明るかったけれど、その瞳の奥はとても苦しそうだった。

「なんで俺に話した？」

「なんででしょう。ただ親に振り回されているのは先輩だけじゃないよって伝えたかったんです」

「…………」

「先輩はもう家に戻らないんですか？」

「……俺はあの家をめちゃくちゃにしてやりたい」

なんでも揃っていて、なんでも手に入れたような錯覚《さっかく》がするあの家にいるから、父さんも母さんも大切なものが欠けていることに気づかない。

人から羨まれる人生を送らなくても、それは惨《みじ》めでも不幸なことでもなくて。平凡でも幸せになれるということをわかってほしい。だからこそ今まで築いてきた家族を壊したい。そうしたらまた一から始めることができると思ってた。

【今日の夜は帰ってこい。これからのことをきちんと話し合おう】

父さんからそんなメッセージが送られてきたのは、地元の花火大会が開催される日だった。画面を確認すると、母さんからの不在着信も二件残されている。

……話し合う？　そう言っておきながら、今度こそ俺を閉じ込めるつもりかもしれない。平日のこの時間はどっちも仕事だから、家には誰もいない。夜に帰らないつもりで、着替えを取りにいくために俺は自宅に向かった。

家の中に入ると、窓が少しだけ開いている。そこからエーデルワイスの匂いがした。俺がいない間にも花は綺麗に咲く。母さんはどんな気持ちで庭の花に水をあげてるんだろう。家の中が大変でも家の外では変わらない日常を送っているように見せる。世間体ばかりを気にする母さんらしい。

俺はカバンに着替えを詰めたあと、夜の話し合いはしないという意味で、リビングの机に家の鍵を置いた。ふと知り合いの建築家に設計してもらったという暖《だん》炉《ろ》が目に入る。

今は使ってないけれど、昔勝手に火をつけて家中を煤《すす》だらけにしてしまったことがあった。煙突《えんとつ》掃除をしないで使用すると、うまく循環《じゅんかん》できずに煙が下へと溜まってしまうそうだ。煙が部屋に充満したせいで、家具が煤まみれになっただけではなく室内にあった植物もダメになって、俺は父さんにこっぴどく怒られた。

……あの時は怒られても、そこに愛情を感じられた。でも今はなにも感じない。父さんから生き方を押しつけられるたびに、母さんがかばってくれないたびに、自分は価値のない人間だと言われているような気分になる。

「……っ」

鉄の味がするほど歯を食いしばったあと、今まで買い与えられた本を暖炉の中に投げ捨てた。そして煙が当たるように、家の中にあった植物をわざと暖炉の傍《そば》に置いて、そこに火をつけた。

困らせてやろうと思った。これは俺ができるささやかな仕返しだ。暖炉の中にある炎は、みるみるうちに本を灰にしていく。両親は俺を理想の息子として育てたかったんだろう。でもその理想を強要されると、俺はふたりの考えを否定したくなる。試したくもなる。

理想から遠退いても、俺のことを息子だと思ってくれるのか。こんなに反抗して、こんなに歯向かっている俺でも、見捨てずにいてくれるのだろうかと。

それから仲間と合流して、花火会場に向かった。時間どおりなら、母さんが先に帰ってくる頃だ。煙だらけの部屋を見て途方に暮れているか、あるいは慌てて父さんに連絡してるかもしれない。仲間たちと出店を回っていると、夜空に花火が打ち上がった。

ドンッドンッ！　ドンッドンッ！

みんなが歓喜に沸いている中、俺は花火ではなくスマホばかり気にしていた。

俺がやったことがわかるように暖炉に入れたのは部屋にあった本だけだし、鍵だって机に置いた。絶対に俺の仕業《しわざ》だと気づくはずなのに、なんの反応もないのはおかしい。……もう見切りをつけられた？

それとも煙が充満する前に炎が消えてしまった可能性もある。話し合いにも応じずに、家に帰らないのは自分なのに、俺はこんなやり方で親の気を引こうとしている。ガキすぎて、嫌気がした。

「……先輩、ねえ、世那先輩ってば！」

気づくと浴衣《ゆかた》姿の安田が膨れっ面《つら》をしていた。

「私の話、聞いてました？」

「えっと……なに？」

「私の告白ですよ！　私、先輩のことが好きなんです」

花火に合わせて、彼女の顔も赤くなっている。安田は素直でいい子だと思うけれど、告白っぽいことをされたのはこれで三回目。そのたびに断り、今日も誰とも付き合う気はないと伝えたのに納得してないような顔をしていた。

花火が終わって人波も穏やかになってきた頃に、俺たちも解散することになった。仲間たちはまた街に遊びにいくらしいけれど、俺は誘いを断った。家のことが気になって仕方ない。暖炉の火がどうなったのか確かめるために、急いで自宅に向かう。

【今日の夜は帰ってこい。これからのことをきちんと話し合おう】

何度も何度も、その文面を読み返す。

父さんと母さんは本当に俺の話を聞いてくれるつもりだったのではないかと、今さら思った。無理やり連れ戻すことなら、いくらでもできる。でもそうしなかったってことは、俺が自然に帰ってくるのを待っていたのではないか。

お互いの頭が冷えてきた頃にちゃんと話そうとしてくれてたんじゃないかと思ったら、いても立ってもいられない気持ちになった。

「世那先輩、待ってください！」

後ろから安田の声が聞こえたけれど、俺は早歩きで坂道を上った。家が近づくにつれて、ますます気温は高くなっている。バチバチとなにかが崩れる音がした。

鼻の奥を刺激するような焦《こ》げくさい臭いも混ざっている。

……なんだろ、これ。なんでこんなに空が夕焼けみたいに明るいんだ？

「もう先輩ってば、離しませんからね！」

安田に腕を掴まれても、振り払う余裕がなかった。視線の先には、夕空のような色をした俺の家がある。これは現実か、夢なのか。家がオレンジの炎に包まれていて、黒煙《こくえん》を上げていた。

嘘だと思いたかったけれど、庭で燃えているエーデルワイスの花を見て、ここが我が家であることを確信した。近所の人たちが集まっている。誰かが消防車を呼んでくれたのか、遠くでサイレンの音がした。

父さんと母さんは？

きっと早々に逃げている。逃げていると思いたいのに、どこにも姿がない。消防車が到着する。近所の人たちも必死に火を消そうとしていた。足が動かない。声が出ない。燃えている。大切じゃなかったはずの家が。めちゃくちゃになればいいと思っていた家が崩れていく。

どうしてこうなったのか、わからない。だけどこの火事は俺のせいかもしれない。

家の炎が消えたのは翌日の明け方だった。無事でいてほしいという願いも虚《むな》しく、焼け跡から父さんと母さんが見つかった。ふたりは寄り添うようにリビングにいたらしい。取り返しのつかないことをしてしまった。俺のせいだ。俺が殺した。俺がふたりを殺したんだ……。

そのあと俺はばあちゃんの家に身を寄せた。火事に事件性はなく、火の不始末が原因ということで処理されたらしい。

「ばあちゃん。なんで俺、逮捕されねーの？」

帰る家がなくなった俺のことをばあちゃんは引き取るつもりでいる。でも俺はばあちゃんに優しくされる資格はない。

「逮捕ってどうして……」

「俺が父さんと母さんを殺したのになんで？」

「世那は悪くない。あなたはなにもやってないわ！」

ばあちゃんは抱きしめてくれたけれど、俺はその手を払った。

「俺が家に火をつけたんだよ！」

やり場のない気持ちをばあちゃんにぶつけることしかできない。

「困らせてやろうって暖炉に火をつけた。だから火事になった。俺のせいで……俺がふたりを……」

「大丈夫。世那はなにも心配しなくていいの」

「……うっ」

胃液《いえき》が喉までせり上がってきた。吐こうと思っても、なにも出てこない。あの火事の日から食べることも眠ることもしていない。苦しい。そう思う資格もないのに、胸がえぐられるように痛い。

「苦しいことは全部、忘れなさい。私が世那を守ってあげるから」

なんで俺だけ生きているんだろう。俺が死ねばよかったのに。俺が死んだほうがよかったのに……。

「世那？　世那……！」

耳元でばあちゃんの声が響く。気づくと俺は床に倒れていた。ばあちゃんの呼びかけに応えることができずに、意識だけが朦朧としている。

俺が殺した。俺が……殺したんだ。

戒めるように何度もその言葉を繰り返したあと、俺の記憶はそこでプツリと途切れた——。


詩月からの思念が終わった。もしかしたら心がひとつになっていた時間は一瞬だったのかもしれないけれど、私には永遠のように長く感じた。

「……俺……思い出した……ぜん、ぶ全部っ……」

膝から崩れ落ちた彼は、そのまま苦しそうに泣いていた。詩月は探していた記憶を取り戻したけれど、その代償《だいしょう》はあまりに大きいものだった。

「詩月……」

私はそっと肩に手を触れた。出会った頃の真っ白なきみはもうどこにもいなくて、その心には黒い感情が渦巻《うずま》いている。覚悟はあったと思うし、受け止める準備もしていたはず。けれど、簡単に受け入れられない現実がそこにはあった。

なんて声をかけたらいいのかわからない。どんなふうに寄り添えば心を軽くしてあげられるのかもわからない。だけど詩月は空っぽな自分は嫌だと私に言った。

だから私たちは一歩ずつ自分の足で手がかりを見つけながら、真実にたどり着いた。

「……俺はただ母さんと父さんを困らせたかっただけなんだ。なにもかも嫌だったけど、憎んでいたわけじゃない」

「うん、わかってるよ」

「なのに俺がふたりの命を奪った。取り返しのつかないことをしたのに、今まで忘れてたなんてっ……」

彼は前に私に言った。親との忘れられない思い出がある私と、なにもかも忘れてしまった詩月と、どっちが苦しいのか答えはないけれど、彼は忘れたくないことを見つけたいと思っていると。過去を忘れたままでいたほうが苦しまずに済んだのに、詩月はその苦しささえ忘れていた自分を責めている。

「大丈夫。私がいるよ」

痛み分けという言葉があるように、きっと苦しさも分け合うことができるはず。私の心に残留してる気持ちは彼と同じ。だから苦しさも悲しさもつらさも、一緒に背負うことができると思うんだ。

〃世那〃

と、その時。詩月の名前を呼ぶ声が聞こえた気がした。今はどこにも触れていないのに、誰かの思念を強く感じる。

〃世那、世那〃

私にしか聞こえていない声は、まるでなにかを訴えているようだった。もしかして、この声は……。

私は詩月と同じように地面に膝をつけた。やっぱり思念を感じる。まだ私たちが見ていない思念、いや、知らなくてはいけない想いがある。

「詩月。まだ終わってないよ」

目を瞑《つむ》れば、彼の家族の記憶がよみがえる。

本当にここには悲しい結末しかなかった？

ううん。それだったらまだ触れていないのに、こんなにも想いが溢れるわけがない。

「終わってない……？」

「まだ大事な人の思念を読んでないでしょ？」

私は詩月に手を差し出した。この力でなにかを変えられるのなら、彼の未来が明るいものになるのなら、私はなんだって読み取ってみせる。

「詩月が知らない真実がきっとまだ眠ってる。それを見ないと、記憶探しは終われない」

ゴールは必ずある。笑顔になれる未来を見つけるのは自分自身だ。私の想いに応えるように、詩月が私の手を握った。私は彼の家が建っていた地面に触れた。電気は走らない。その代わりに流れてきたのは、穏やかで優しい光景だった。

――「ねえ、あなた。世那からメールの返事来た？」

料理本を広げながら妻の美恵子がキッチンに立っていた。息子の世那に今日の夜は帰ってこいと連絡したけれど、午後七時を回ってもいまだに返信はない。

「お前こそ、電話の折り返しは来てないのか？」

「残念ながら。今日は花火大会だから、お友達と見にいってるのかもしれないわ」

「そうか……」

俺はダイニングテーブルに置かれている白い箱を見つめた。世那が生まれた時、この子の人生を守らなければいけないと強く思った。大人になれば理不尽《りふじん》なことが増え、困難も自分で乗り越えなければならない。だからこそ俺は世那の教育に関しては厳しくした。時には熱くなりすぎて手が出てしまったこともあったけれど、すべては息子の将来を思っての行動だった。

「……誕生日プレゼント、本じゃダメだよな」

今日は世那の誕生日だ。今まですれ違ってばかりだったけれど、息子と向き合うきっかけがほしくて、あんなメールを送った。きっと世那は自分の誕生日を忘れているだろうし、話し合いにかこつけて連れ戻されると思ってるだろうから、家には帰ってこないかもしれない。それでも顔を見せにきてくれることを信じて、美恵子はあいつの好きな料理を作り、俺はケーキを準備してその帰りを待ち続けている。

「プレゼント……そうね。本はたくさんあるし、だってほら」

美恵子が暖炉の中を指さした。そこには世那に買ってやった本が積み重なっていた。一部は焼けてしまったけれど、半分以上が綺麗に残っていて、その本にはたくさんの付箋《ふせん》が貼られている。

俺は勉強しろと口で指示をするだけだったけれど、あいつはちゃんと期待に応えようとしてくれていた。マーカーペンで色づけされた参考書も、ページが擦りきれている医療本も、メモ書きだらけの楽譜も、世那は俺たちが知らないところで努力をしていた。

それなのに俺はもっとできるはずだと鼓舞《こぶ》するだけで、よくやったと頑張りを認めてあげなかった。それを暖炉に入れられた本を見て、ようやく気づいた。

「俺が世那に厳しくしたのは、幸せになってほしかったからだ」

「わかってます。私も同じよ」

それでも、あいつにとって俺たちの考えは窮屈《きゅうくつ》だったのかもしれない。親としてできる限り学べる環境を作ってあげたい。知識をつければ、世那の将来に繋がると思っていた。でもそれは俺たちの押しつけにすぎなかった。あいつには、あいつの人生がある。自分の好きなように生きていいいと、もしも今日帰ってきてくれたら世那に伝えたいと思ってる。

「私、世那のことでお母さんに叱られたの。今思えばとてもきついことを言い返してしまったわ」

「あとで謝りにいけばいいよ」

「そうね。あ、私はそろそろドーナツを揚げようかしら。もうあの子は好きじゃないかもしれないけど」

美恵子がドーナツを作るのは、世那が美味しそうに食べてくれた顔が忘れられないからだ。それも親のエゴなのかもしれない。それでも息子の喜ぶ顔が見たい。それだけで幸せを感じられるのに、俺たちはずいぶんと間違えてしまった。

「たまには料理を手伝おうか?」

「じゃあ、ダメになってしまった植物を隠してください」

「煤だらけになった家具もなんとかしないとな」

世那が火をつけた暖炉によってリビングは煙で充満したけれど、美恵子が仕事から帰ってきた時にはすでに火は消えていたそうだ。

「だったらこれを機に家の模様替えをしましょう！　もう少し家族で話せるような空間を作るのはどうかしら？」

「それなら知り合いのインテリアコーディネーターに……」

「次は家族で作るの。時間はかかるかもしれないけど、三人で力を合わせればできないことなんてない。あ、難しい本を並べるのはなしですよ？」

「ああ、そうだな」

勉強が大事という考えがなくなったわけじゃない。だけど大切な息子を失わないために、少しずつ自分たちも変わっていく努力をしなければいけないと思っている。

「なあ、美恵子。世那が俺たちのことを許してくれたら……いつか三人で旅行に行かないか？」

振り返れば、もう何年も家族で出かけていない。忙しさを理由にしてきたけれど、これからは家族の時間も増やしていきたい。

「そうね。絶対に行きましょう」

気づくと美恵子はキッチンを離れて、俺と同じソファに腰かけていた。気が早い俺たちは早速行き先の候補を出し始める。話が弾む。この先の未来の話が止まらない。

笑顔が溢れるリビングの奥——キッチンでは油に火がつけられたままだった。パタンと立て掛けられていた料理本が倒れる。ページの端が火に触れて、瞬く間に本が火種に変わった。次から次へと周りのものに燃え移る。リビングに響くテレビの音と、楽しい会話で俺たちはそのことにまったく気づかなかった。

炎が天井に達した時にはもう手遅れで、どこにも逃げ場所がなかった——。

ゆっくりと引いていく思念。たくさん、たくさん言葉を選んだ。なんて言えばいいんだろう。なんて言えば正解なんだろう。私は詩月と繋がったままの手に力を入れた。

「詩月のせいじゃなかった。詩月のせいじゃなかったんだよ」

絞り出すように繰り返した。たしかに火事は起きてしまった。そのせいで両親を失った過去は、どうしたって変えられない。だけど彼のお父さんが教えてくれた。火事は詩月のせいではないと。自分たちがなにを考えて、最後に誰のことを想っていたのかを、ちゃんと見せてくれた。

「詩月のお父さんとお母さんは変わろうとしてたね。ちゃんと反省もしてたし向き合おうとしてた」

「……俺はふたりになにも返せなかった。不満はあったけど、本当は感謝してたんだ」

「大丈夫。詩月のお父さんとお母さんはわかってるよ」

「…………」

「だって誰よりも詩月のことを愛してた。最後まで」

「……っ」

彼はまた大粒の涙を流した。でもそれは罪の涙じゃない。記憶を取り戻して真実を知って、これから前を向いて歩いていこうとする涙の色だ。

詩月は散々泣いたあと、自分の家の場所を愛《いと》しそうに見つめていた。その凛《りん》とした横顔を忘れないように、私はしっかりと胸に焼きつけた。

# 7 繋がる未来

新しい週を迎えると、いつもどおりの学校が始まった。

「世那、おはよう〜！」

「ねえ、今日の体育マラソンだって。世那、一緒に走ろうよ」

クラスメイトの女子たちは詩月の席に集まっていて、相変わらず彼の周りはきゃっきゃと賑わっている。私との噂が原因でファンが離れている時期もあったけれど、今はまた人気を取り戻していた。

「走ってもいいけど、普通に置いていくよ」

「えー、今日の世那優しくなーい！」

女子からの好意を流しているのは変わらないけれど、彼は少しだけ物事をはっきり言うようになった。とはいえ顔は笑っているから詩月の変化には誰も気づいていない。でも私にはわかる。いつもバカみたいに明るくて、誰にでも合わせるだけだった彼はもういない。

本当の自分を手に入れて、それでも変わらずに人が寄ってくるのは、詩月が誰よりも優しくて、心が温かい人だからだ。彼はきっと、今まで以上に眩《まぶ》しい人になっていくだろう。

『羽柴、ありがとな』

記憶を取り戻した日の帰り道、詩月は私に六度目のありがとうを言った。

『もう電車の中でも散々聞いたってば』

『何回言っても言い足りないんだよ』

『……これからどうするの？』

『落ち着いたら俺も記憶巡りがしたい。父さんと母さんの墓参りにも行きたいと思ってる』

『おばあちゃんにもまた会いにいかないとね』

『うん。母さんが謝ろうとしてたこともちゃんと伝える。なんにも覚えてなくても、心はわかってくれるはずだから』

詩月はとても晴れ晴《はば》れとした表情をしていた。でも彼は過去を切り離さない。すべてを受け入れて、弱さを強さに変えていく。

『俺、羽柴がいなかったらここまでたどり着けなかった。思念の力を持ってたのが羽柴で本当によかった』

『そんなこと言って、詩月は私以外の人が力を持っていたとしても記憶を探してほしいって頼んだと思うよ』

『だとしても、詩月世那っていう名前だけの存在の俺に、光をくれたのは羽柴だよ』

いつも彼はまっすぐに私を見る。それを直視できないのは、まだ私には解決しなきゃいけないことがあるからだ――。

あの日のやり取りを思い出していると、制服のポケットになにか入っていることに気づいた。すぐに確認すると、そこには小さく折り畳まれた紙があった。

……なにこれ？　紙を広げると、それは私が前に書いた相談用紙だった。

【どうしたら強くなれますか？】

そんな問いに対して、こんな答えが添えられていた。

【ひとりじゃなくて、ふたりなら】

間違いなくこれは、詩月が書いたものだ。無記名で投稿ボックスに入れたのに、なんで私だってバレたのだろう。ポケットにいつ入れたのかもわからないし、彼のほうこそ特別な力があるんじゃないかと思ってしまう。

ひとりじゃなくて、ふたりなら。なんて心強い言葉なんだろう。まるで大きな突風みたいに、背中を押してもらえた気がした。

「……羽柴！」

教室移動の廊下で詩月に声をかけられた。そんなに堂々と私に声をかけたらまた噂が立つかもしれないのに、彼はちっとも気にしてないようだ。

「どうしたの？」

「えっと、また今週の水曜日に放送室に来る？」

「私が行っても邪魔なだけでしょ？」

「そんなことない！」

詩月は少しだけ声を強くしたあと、言いづらそうに眉を下げた。

「考えてみたら俺、羽柴に色々してもらったのに全然なにもできてないと思って」

私のポケットにこんな素敵なメッセージを入れておいて。何度も何度も私のことを助けてくれたくせに、まだなにもできてないという人の良さだけは変わってないらしい。

「なにもしなくていいよ」

「え？」

「私も探しものを見つけてくるから」

うまく笑えたかどうかはわからない。でも口角は自然と上がっていたと思う。

詩月はなにかを言いかけていた。でもクラスメイトたちの姿が見えて、私はそのまま足早に離れた。

……少し突き放してるように見えただろうか。でもごめん。私はまだ詩月とは並べない。彼の傷痕に触れて、弱さも苦しさも知って。それでも立ち上がった詩月を見て、私もこのままじゃダメだと思った。だから私も逃げずに向き合う。どんな結末が待っていても、その先にある新しい自分に私も出会いたいから。


学校が終わったあと、私はリビングでお母さんのことを待っていた。

――『……っ、私に触らないで!!』

テーブルに置かれていた離婚届を見た日。ショックと悔しさでお母さんの手を強く払った。あれ以来、どういう顔をして話したらいいのかわからなかったけれど、どんな顔でもいいのだと思う。お互いに探り合わなくても、この力に頼らなくても、お母さんの心を知る方法ならもう知っている。

「莉津……」

しばらくすると、お母さんが仕事から帰ってきた。私が逃げている間も、お母さんは何度も歩み寄ろうとしてくれた。二階に上がってくると、必ず私の部屋の前で止まって、ドアをノックしようか迷ってる。そんな気配を感じていたのに、私は自分からドアを開けようとしなかった。

だけど今日でそんな毎日は終わりにする。ちゃんと言いたいことは言葉にする。聞きたいことも知りたいことも。

「……お母さんには二年前、お父さんとは別の大切な人がいたよね？　今もたまに電話をしてるのはその人？」

するとお母さんは、ゆっくり首を横に振った。

「ううん。その人との関係はずいぶん前に終わりにした。今は連絡先も知らないし会ってもない」

「なら、電話をしてるのは新しい人なの？」

聞きたいことは全部聞くと決めたから、もう言葉を濁《にご》すことはしない。お母さんは私の質問に対して、また首を左右に振った。

「莉津が見つけた離婚届はたしかにお父さんと一緒に書いたものよ。二年前に別々で暮らすことが決まった時に、お互いいつでも選べるようにと二枚の離婚届を用意してそれぞれに名前を書いたの」

「もう一枚の離婚届はお父さんが持ってるってことだよね？」

「そうよ」

「じゃあ、やっぱりお父さんと離婚することにしたの？」

「私が電話をしていた相手はね、お父さんなの」

「え？」

「私たちの気持ちとこれからのことを莉津と一緒に話したい。だからお父さんにも会ってくれる？」

お母さんがこそこそ電話をしていたのは、お父さんだったの？

それから一時間後、お父さんが家にやってきた。お父さんのことは街中で見かけたけれど、こうして顔を合わせたのは二年ぶりだ。

「……莉津、久しぶりだな。元気だったか？」

「うん。お父さんも元気だった？」

「ああ」

不器用に返事をしたお父さんは、前より少しだけ痩《や》せていて白髪の数も増えていた。久しぶりに三人で囲むダイニングテーブル。私の正面には肩を並べて座るふたりがいて、それを見ただけで泣きそうになった。

「莉津。今まで俺たちの都合で振り回してしまって本当に悪いことをしたと思ってる」

「莉津、ごめんね。本当にごめんなさい」

お父さんの言葉に続くように、お母さんも謝ってくれた。

十四歳の時、ふたりがなにも話してくれないことが悲しかった。ひとりだけ取り残されたような気持ちになって、それを誰にも言えなかったことがつらかった。子供だからと一線を引かれること。なのに察してほしいという大人でも難しいことを求められることが、全部、全部許せなくて苦しかった気持ちをふたりにぶつけた。お父さんとお母さんはそれを受け止めてくれた。

「莉津の言うとおり私は二年前、許されないことをしてた。それはお父さんにも話してある。莉津の心を深く傷つけていたからこそ、次は慎重になろうと今までずっと話し合ってたの」

そう言ってお母さんが出したのは、あの日の離婚届だった。

「莉津に選んでほしい」

お父さんから言われた言葉に目を瞬《しばた》かせた。私が……選ぶ？

「また家族として一からやり直すのか、それとも別々の人生を歩むのか。俺たちは莉津の気持ちを優先したいと思ってる」

お父さんとお母さんは、私に家族が必要だということをわかっている。お互いに夫婦としてやり直せなくても、家族としてやり直す選択を私のために入れてくれた。

きっと少し前だったら、私は家族三人でいることを選んでいたと思う。でも人によって色が違うように、家族にも色んな形があっていい。

「お父さんとお母さんが別々の人生を生きることになっても、ふたりが私の親であることは変わらない。だから三人でいることにこだわる必要もないと思う」

心で繋がっていれば、一緒にいなくても大丈夫。会いたい時に会って、困ったら一番に助けにいく。ふたりが離婚することになっても、大切に思う気持ちは壊れたりしない。

「私が選んでいいなら、お父さんとお母さんが笑っていられる未来を選ぶよ」

「……ありがとう、莉津」

涙を浮かべているふたりの手を、そっと握った。もう私の中に思念は流れてこなかった。ふたりの心が見えなくても、今の私たちならきっと同じ気持ちを重ねていける気がした。


「莉津、今日はパンでいいよね？」

リビングでは朝食のいい香りが漂っている。あれから話し合いをして、お母さんとお父さんは正式に離婚することになった。それと同時にどちらと暮らしていきたいか聞かれたけれど、私は引き続きお母さんといることを選んだ。

「ベーコン、ちょっとだけ焦げちゃってごめんね」

「カリカリのほうが好きだから大丈夫だよ」

どんなに忙しくても朝ご飯は必ず一緒に食べようと約束した。もちろんお父さんとも連絡を取っているし、これからも時間を作って会うと思う。それが私たちの新しい家族の形だ。

「じゃあ、いってきます！」

お母さんが作ってくれたお弁当を持って家を出た。学校の正門では登校指導が行われていた。そそくさと通り過ぎようと思ったのに、また担任に見つかってしまった。

「羽柴、おはよう！」

先生は夏が戻ってきたみたいに、暑苦しいし声も大きい。でもその元気な声も前より鬱陶《うっとう》しく思わないようになった。

「先生。お酒とたばこはほどほどにしないと健康に悪いですよ」

「え、お、おう」

「じゃあ、失礼します」

先生はきっと今でも女性がいる店に行って、自分のことをＩＴ企業の社長だと名乗っているんだろう。

昇降口へと向かう生徒の中に末次くんがいた。以前、私のシューズロッカーを壊した彼だ。

「次のテストは絶対に負けないからな！」

「俺も負けない。末次はライバルだから！」

その隣には例の友達の姿もあった。嫉妬の感情に駆られるのではなく、ふたりはお互いに認め合っている。家族の形だけではなく、友情にも色々な形があるらしい。

「優子がおすすめしてくれた曲、マジで神！」

教室に着くと、宮部さんのグループが盛り上がっていた。自分の居場所を守るために嘘をついた宮部さんは、友達とワイヤレスイヤホンで音楽を聴いている。詩月のイヤホンは机の中に返されていたはずだから、きっとあれは盗まれたと演技していた自分のものだろう。

彼女はきっとこれからも本当のことを友達には言わない。けれど、先日の体育でまたペアになった際『あの時はごめんね』と私に謝ってくれた。嘘をついてはいけないことは自分が一番よくわかっていると前に詩月が言っていたけれど、きっと宮部さんなりに罪悪感を抱えていたのかもしれない。

「ねえ、羽柴さん。英語のノートまだ出してないよね？」

自分の席に座って、ぼんやりと窓からの景色を眺めていたら、クラスメイトに声をかけられた。それは掃除場所の件で気まずくなっていた女子だ。私のことをよく思ってないはずなのに、彼女はちゃんと私の席までノートを回収しにきてくれる。

きっと悪い子ではないのだろう。自分の良さを見つけてくれる人も大切だけど、誰かの良さを見つけていくのも大切なのかもしれない。私は今までそれができてなかったように思う。

「わざわざありがとう。出すのが遅れてごめんね」

前はノートを手渡すことができなかったけれど、今日はちゃんと目を見て差し出した。自分から歩み寄らなければ知ってもらえない。今なら知ることも、知られることも怖くないと思える。

「え、ああ……うん」

ノートを渡しただけなのに、その子はとても驚いていた。彼女はすぐ友達の輪に戻ろうとしたけれど、なぜか踵《きびす》を返して私の元に帰ってきた。

「あ、あのさ！　私のほうこそ前に掃除場所を代わってって図々しく頼んじゃってごめん」

「え？」

「たまには向こうで一緒に喋ろうよ。ほら、結局親睦会もできてないままだし」

振り返ってみれば、一緒に遊ぼうと私のことを誘ってくれたのは彼女だけだった。わかり合えないと決めつけるんじゃなくて、相手の心を探るんじゃなくて、自分の心を見せていく。

「……私がまざっていいの？」

「いいよ。おいで！」

手を引っ張られて、私は席から離れた。好きじゃなかった教室も、仲良くなれないと思っていたクラスメイトも、そんなに悪くない。

小さな勇気でこんなにも世界は大きく変わっていくんだ。

「もしかして羽柴も電子辞書を取りに来たの？」

休み時間。教室の背面ロッカーで詩月と鉢合わせた。家族と話し合えたことは報告したし、学校でもこうして普通に話すけれど……。

「あーう、うん。し、詩月も辞書？」

前に比べると、私はうまく喋れなくなった。同じ教室にいるのに、不用意に彼に近づけないのはなんでだろう。でも考えてみれば、私と詩月は元々こうだった。お互い視界の中にいても関わらないし、交わらない。三十人いるクラスメイトのひとりという認識で、私にとって彼は別世界で生きているような人だったから。

「羽柴、今日の昼休みに――」

詩月がなにかを言いかけると、友達が大声で「世那～」と叫んでいた。かくいう私も「羽柴さーん、辞書あった？」と仲良くなった子に呼ばれている。

「友達できてよかったな」

柔らかく笑った彼は、言いかけた言葉をそのままにして、私から離れていった。詩月の存在が遠く思えてしまうのは、私たちを深く繋いでいたのが記憶探しだったからだ。それが無事に終わったからこそ、一緒にいる必要も、ふたりで共有しているることも今はなにもない。空っぽだった心をどうにかしたくて、欠けているものを埋めたくて、ここまで色々なことを乗り越えてきた。だから乗り越えるべき壁がなくなったのはいいことのはずなのに、少し寂しさを感じてる自分がいる。

――『俺、羽柴がいなかったらここまでたどり着けなかった。思念の力を持ってたのが羽柴で本当によかった』

私はそっと手のひらを見つめた。お父さんとお母さんと話し合って、思念ではなく言葉だけで知ろうとしたあの日以降、私の残留思念の力は消えてしまった。今はなにを触っても思念を読み取ることはない。

私の力が消えたのは、家族と向き合うことができたからじゃない。きっと私自身が力を必要としなくなったからだ。あんなに力に否定的で何度も苦しめられてきたのに、私は多分、思念を読む力に助けられたこともあった。自分の力では聞けないこと、知る勇気が出ないことを、思念は私の代わりに対話してくれていたんじゃないかって、今はそう思う。

迎えた昼休み。私は教室でお母さんが作ったお弁当を広げていた。仲良くなった子たちは屋上で食べるそうで、私も誘ってもらえたけれど、今回は遠慮した。

だって今日は水曜日。詩月だけの十五分間がもうすぐ始まる。

『皆さんこんにちは。水曜日のなんでも相談の時間です』

時刻が十二時四十五分になると、スピーカーから彼の声が流れてきた。きっと今日も投稿ボックスにはたくさんの相談用紙が入っている。クラスメイトたちは自分の相談が選ばれるのではないかと期待してるような顔をしていた。今日はどんな相談だろう。私も放送に耳を傾けていると……。

『今日は内容を変更して、俺の話を聞いてもらおうと思います』

そんな声にお弁当を食べる手を止めた。周りの人たちも「なに、なに？」とざわついている。今までたくさんの相談に乗ってきた詩月だけど、自分の話をしたいと言ったのははじめてだ。

『俺はずっと自分のことがわかりませんでした。笑っていてもこれは楽しいのか、苦しいと感じてもそれが自分の感情なのかどうなのか、ずっと宙に浮いてるみたいでした。でも、そんな時にひとりの女の子に出会いました』

――『羽柴に不思議な力があるならさ……俺の記憶を一緒に探してくれな

い？』

　始まりは、突然だった。

　誰とでも仲良くできてしまうきみは、まるで色を変えることができるカメレオンのようで。

　掴みどころがなくて、いつも嘘っぽいきみとは関わりたくないって思ってた。

『その子に声をかけたのは、自分を見つけたいという理由だけでした。だけど、だんだんとそれだけじゃなくなった。彼女も俺と同じように孤独を知っていて、簡単に泣けない人だったからです』

「…………」

『でもその子は泣いたりしないいんじゃなくて、それができる場所がなかっただけなんだって気づきました』

　ガタッ。私は勢いよく椅子から腰を上げた。教室を飛び出して、そのまま放送室まで走る。すれ違った先生に注意されたけれど、私の心は一直線に詩月の元へと向かっていた。

『そうやって深く深くその子のことを考えてしまうほど、俺の中で特別な気持ちが育っていきました。自分探しという共通点だけで繋がっていた関係だったけれど、本当はもっと別のなにかで繋がりたいと思ってた』

階段を一段飛ばしで駆け下りる。私は詩月と知り合う前、すべてのことにうんざりしていて、この世界に信じられるものなんてないと思ってた。だから触れても平気な詩月だけが私に汚いものを見せない存在だった。

『俺はその子の泣ける場所になりたかった。そういう存在になれないかなって、なりたいって言いたくて、言えなかった』

なにかが欠けていた。

なにかが埋まらなかった。

そのなにかがわからなかった。

でも今、ようやく見つかりそうな気がする。

涙で視界が歪む。

早く、早く、一秒でも早くきみのところまで。

『なあ、羽柴。俺は――』

息を切らせて、たどり着いた放送室。私は迷うことなく彼がいる部屋のドアを開けた。

「……ハア……ハア、ちょっとなにこの放送。みんなに丸聞こえなんだけど！」

私の顔を見た詩月は少しだけ微笑んで、校内放送のスイッチを切った。

「やっぱりそのポーカーフェイスを崩してみたくて」

「バカじゃないの……」

私は放送室に入ってドアを閉めた。表情がころころ変わる詩月にカメレオンというあだ名をつけたのは、嫌味の他に羨ましいという気持ちがあったからだ。みんなに合わせて疲れないのか、あの胡散《うさん》くさい笑顔にどうして周りは気づかないのかと、彼のことを観察しながら私はいつも冷めた顔をしてた。でも詩月を通して私は笑えるようになったし、弱くもなれるようになった。

彼は私のことを光だと言ったけれど、私のほうがずっとずっときみから光をもらっていたんだよ。

「ねえ、詩月。私、力がなくなった」

「うん」

「だから……」

だからきみに触れてもいい理由がなくなった。

「羽柴。俺の気持ちがわかる？」

彼がゆっくりと私の手を取る。思念を読む力はなくなったのに、詩月と瞳が重なっただけで、なにもかもわかり合えているような気がした。

「俺は前に自分の居場所を守るためには嘘も必要だって言った。そのためには必死に嘘をつくこともあるって」

「うん」

「あの時は自分のことが大切じゃなかったし、守りたいこともなかった。でも今は違う。羽柴と記憶探し以外のことで繋がりたいと思っていてもそれを言い出せなかったし、今までの関係を守りたかった。だからずっと羽柴に嘘をついてた」

詩月が私の手のひらになにかを置いた。それはいくら探しても見つからなかった最後のジグソーパズルのピースだった。

「え、し、詩月が隠してたの？」

「うん。記憶探しが終わってもジグソーパズルが完成しなかったら、また羽柴に会えると思ったから」

まさか詩月がそんなことを考えていたなんて思わなかった。肌身離さず持っていたであろうピースには、彼の思念が宿ってるかもしれない。でももう必要ない。だって私たちは今、同じ鼓動の音がする。

「俺、羽柴が好きだ」

詩月が真っ赤な顔をするから、私もつられて同じ色になった。たくさん話そう。飽きるまで、尽きるまで。これからのことをきみと話したい。

「私も詩月が好きだよ」

越えていく。過去の自分を。

見つけていく。今日からまた新しい自分も。

どんな困難が起きても大丈夫。

ひとりじゃなくて、ふたりなら。

完

# あとがき

このたびは数多くある書籍の中から『ひとりぼっちの夜は、君と明日を探しにいく』をお手に取ってくださり、ありがとうございます。

今回は触れると人やものの思念を読み取ってしまう女の子が主人公でした。物語はフィクションですが、世の中には物体に宿る残留思念を読み取ることができる人が実際にいるそうです。

思念を読むことは、そこに隠された物語を知ることと同じような気がしています。誰かの記憶や記録というのは、目に見えないだけで私たちの身近にあるものなのかもしれません。本作はそんな思念を辿る物語です。

記憶探しと自分探し。知ることから逃げなかった詩月と知ることが怖かった羽柴。似た者同士に見えて、ふたりには考え方の違いがありました。私もどちらかといえば羽柴と同じで知らなくてもいいことのほうがたくさんあると思っています。情報過多と言われている時代ですから、知らないままでいることが難しい時もあります。ですが、知ってしまった先にも希望があるということ。悪いことばかりじゃないと、ふたりが答えを見つけてくれました。

また今回も本の制作にあたっては、たくさんの方に力を貸していただきました。私の頭の中だけにあった物語が一冊の本になる。いつも、いつだって奇跡だと思っています。

本作に関わってくださった皆様。素敵なイラストを描いてくださったゆづあ先生。そしてこの作品を読んでくださった読者の皆様に心から感謝申し上げます。

また次の物語で、あなたに会えることを願って。

二〇二三年九月二十五日　永良サチ

*Letter*

永良サチ先生へのファンレター宛先

〒104-0031 東京都中央区京橋1-3-1
八重洲口大栄ビル7F
スターツ出版（株） 書籍編集部気付
永良サチ先生

ひとりぼっちの夜は、
君と明日を探しにいく

2023年9月25日　初版第1刷発行

著　者　永良サチ　©Sachi Nagara 2023

発行者　菊地修一

発行所　スターツ出版株式会社
〒104-0031
東京都中央区京橋1-3-1　八重洲口大栄ビル7F
出版マーケティンググループ
TEL 03-6202-0386（ご注文等に関するお問い合わせ）
https://starts-pub.jp

印刷所　株式会社　光邦

DTP　株式会社　光邦

Printed in Japan


※対象年齢：中学生から大人まで

ISBN　978-4-8137-9267-3　C0095

100日間、あふれるほどの「好き」を教えてくれたきみへ
余命3か月。
一生分の幸せな恋をしました。
第3回
野いちご大賞
大賞受賞作！
永良サチ・著
定価：1320円
（本体1200円＋税10%）
ふたりの生き方や
言葉に何度も胸が
打たれました。
（丸井とまとさん）
私の心の中に一生
残る物語です！
すごく感動しました。
（あんさん♪さん）
この話は号泣必至の
ハッピーエンドです。
（宝希☆／無空★さん）
感動のレビュー！
最初で最後の好きな人が、きみでよかった──。
余命３カ月と宣告された高１の海月は、心細さを埋めるため、帰り道に偶然会ったクラスの人気者・悠真に「朝まで一緒にいて」と懇願する。海月はそのことを忘れようとするが、海月の心の痛みに気づいた悠真は毎日話しかけてくるように。「俺は海月と一緒にいたい」とストレートに気持ちを伝えてくれる悠真に心を動かされた海月は、一秒でも長く前向きに生きることを決意して…。ふたりのまっすぐな愛に涙が止まらない、感動の青春恋愛小説!!
ISBN：978-4-8137-9031-0